오
헨
리
단
편
집

일러두기

- 이 책은 O. Henry의 『The Four million』등, 총 14권의 단편집을 참고했습니다.
- 이 책에 실린 각각의 단편소설은 원작을 발췌 완역한 것입니다.

O. Henry

오 헨리 단편집

오 헨리 지음

살림

오 헨리

본명은 윌리엄 시드니 포터다. 그가 본격적으로 작품을 발표해서 오 헨리라는 필명으로 유명해진 것은
바로 횡령으로 수감 생활을 하던 중이었다. 30대 후반, 그것도 수감 생활 중에 작가로서 변신, 재탄생했
다. 수감 생활 도중 집필에 몰두한 그는 전국적으로 발행되는 잡지에 모두 열네 편의 단편을 게재했다. 출
소 후 1903년에 113편, 1904년과 1905년에는 120편의 단편을 발표하여 작가로서 명성을 얻었다. 하지만
1909년 건강과 재정 상황은 극도로 악화되었고, 1910년에 간경화 말기와 당뇨병 합병증으로 숨을 거뒀다.

오 헨리가 창간한 「롤링 스톤」

1893년 3월 아내의 내조로 「롤링 스톤」이라는 여덟 쪽짜리 주간 유머 잡지를 창간했다. 오 헨리의 노력에도 불구하고 이 잡지는 상업적인 성공을 거두지 못했고 그로 인해 재정적인 어려움에 처하게 되었다. 하지만 오 헨리는 그 잡지에 글을 발표하면서 전업 작가가 될 꿈을 꾸게 되었으니, 잡지의 발행은 그의 삶에서 아주 중요한 전기를 이루게 된 것이다.

오 헨리 박물관

텍사스 오스틴에 있는 오 헨리가 살았던 집을 박물관으로 만들어 놓았다.

오 헨리는 폐결핵을 앓았는데 텍사스 기후가 폐결핵 치료에 도움이 될 것이라는 의사의 권유에 따라 1882년에 텍사스로 이주했다. 작가가 되기 전 텍사스에서 점원과 직공 생활, 그리고 부동산 회사의 회계 담당자 생활, 국유지 관리국 제도사 일 등 그는 말 그대로 생활 전선에서 열심히 살았다.

오 헨리 단편집 차례

The Last Leaf

마지막 잎새

마지막 잎새

워싱턴스퀘어 서쪽의 작은 구역은 길들이 얼기설기 얽혀 있었고 그 길들은 '플레이스'라 불리는 좁은 띠 같은 골목으로 다시 갈라져 있었다. 이 골목길들은 묘하게 꺾이거나 구부러져 있었기에 같은 곳을 한두 번은 다시 지나게끔 되어 있었다. 언젠가 어느 화가가 이 거리가 지닌 가치를 발견했다. 그림물감과 종이, 캔버스 값 청구서를 들고 이 거리로 들어선 수금원이 골목을 헤매다가 단 한 푼의 돈도 건지지 못한 채 다시 제자리로 돌아와 있다는 것을 알게 된다면!

곧이어 화가들이 이 야릇한 고풍의 그리니치빌리지로 몰려와서 18세기식 박공이 달린, 북향의 세가 싼 다락방들을 찾아헤매기 시작했다. 이어서 그들이 6번가로부터 백랍 술잔과 풍

로가 달린 냄비들을 하나둘 이리로 옮겨오더니, '예술인촌'이 형성되었다.

땅딸막한 3층짜리 벽돌집 꼭대기에 수와 존시의 작업실이 있었다. 존시는 조안나의 애칭이었다. 수는 메인주 출신이었고 존시는 캘리포니아주 출신이었다. 그들은 8번가에 있는 델모니코 식당에서 식사를 하다가 만났다. 그들은 미술과 치커리 샐러드, 비숍식 소매에 대한 취향이 같다는 것을 알고는 공동 작업실을 마련했다.

그것이 5월이었다. 11월이 되자 의사들이 폐렴이라고 부르는 눈에 보이지 않는 냉혹한 불청객이 예술인촌을 휩쓸고 다니면서 그 차가운 손가락으로 한 명, 한 명씩 건드렸다. 이 파괴분자는 이스트사이드에서는 맹위를 떨치면서 수십 명의 희생자를 냈지만 이 좁고 이끼 낀 '플레이스'에서는 그 발걸음이 느려졌다.

폐렴 씨는 이른바 기사도 정신을 지닌 노신사가 아니었다. 캘리포니아 서풍을 받고 자란 가냘프고 자그마한 숙녀가, 거친 숨을 몰아쉬며 주먹을 휘둘러대는 이 악당과 대적한다는 것은 공정한 일이 아니었다. 그런데 이 악당은 존시를 덮쳤다. 그리고 존시는 페인트칠을 한 철제 침대에 꼼짝 못 하고 누운 채 네덜란드식 작은 창문을 통해 밋밋한 옆집 벽돌 담벼락만 바라볼 수밖에 없는 처지가 되었다.

어느 날 아침 몹시 바쁜 의사가 텁수룩한 잿빛 눈썹을 찡끗하며 수를 복도로 불러냈다. 그는 체온계를 흔들며 수에게 말했다.

"이거, 가능성이 10분의 1 정도밖에 안 되겠어요. 그나마 그녀에게 살겠다는 의지가 있을 때 그렇다는 거요. 저렇게 장의사 편에 줄을 서버리면 백약이 무효예요. 저 아가씨는 아예 회복되지 않기로 마음을 굳혔더군. 어디, 저 아가씨가 마음속에 꼭 담아두고 있는 거라도 없소?"

"언젠가 꼭 나폴리만을 그려보고 싶어 했어요." 수가 대답했다.

"그림? 무슨 엉뚱한 소리를! 그런 거 말고 마음속에 자주 떠올릴 만한 거……. 이를 테면 남자라든지……."

"남자요?" 수가 마치 '팅!' 하고 하프를 튕길 때와 비슷한 목소리로 대답했다. "그럴 만한 남자라……. 아니, 선생님, 없어요. 그런 남자 없어요."

"그래요? 그렇다면 곤란한데……. 암튼 나는 내가 할 수 있는 한 최선을 다하겠소. 하지만 환자가 이미 장례식에 오게 될 마차의 수나 세고 있다면 약의 효율은 이미 절반으로 떨어지는 거요. 그녀가 '올 겨울에 어떤 외투 소매가 유행할까?'라고 묻는다면 확률이 10분의 1이 아니라 5분의 1이 될 거라고 장담할 수 있소."

의사가 가고 난 뒤에 수는 작업실로 가서 냅킨이 흠뻑 젖어 걸쭉해질 정도로 울었다. 그런 후 그녀는 화판을 들고 휘파람을 불면서 힘찬 걸음걸이로 존시의 방으로 들어갔다. 존시는 창문 쪽으로 얼굴을 돌린 채 꼼짝 않고 누워 있었다. 수는 그녀가 잠들었다고 생각하고 휘파람을 멈추었다.

그녀는 화판을 세워 놓고 잡지에 실릴 이야기의 삽화를 펜으로 그리기 시작했다. 젊은 작가가 잡지에 글을 실으면서 문학의 길을 개척하듯이 화가는 잡지에 삽화를 그리면서 화가의 길을 닦는 법이다.

수가 이야기의 남자 주인공인 아이다호의 카우보이에게 우아한 승마 바지와 외알 안경을 그려 넣고 있을 때 몇 번에 걸쳐 반복되는 목소리가 들려왔다. 그녀는 서둘러 침대 옆으로 다가갔다.

존시는 눈을 크게 뜨고 있었다. 그녀는 창밖을 바라보며 숫자를 거꾸로 세고 있었다.

그녀는 "열둘"이라고 말하더니 조금 있다가 "열하나"라고 말했다, 이어서 "열", "아홉", "여덟", "일곱"이라고 거의 틈을 주지 않고 연달아 말했다.

수는 걱정스런 표정으로 창밖을 내다보았다. 저기 셀 게 뭐가 있지? 텅 빈 쓸쓸한 마당과 6미터 정도 떨어진 곳에 있는 밋밋한 담벼락밖에는 보이는 게 없었다. 그리고 마디가 혹처럼 불거지고 뿌리가 썩어가는 늙은 담쟁이덩굴 줄기가 벽돌담 중간 높이 정도까지 기어 올라가 있었다. 싸늘한 가을바람에 줄기에 붙은 잎사귀들이 거의 다 떨어져 헐벗은 앙상한 가지만이 허물어져 가는 벽돌담에 매달려 있었다.

"얘, 뭘 세고 있는 거니?" 수가 물었다.

"여섯." 존시가 거의 속삭이듯 말했다. "이제 점점 빨리 떨어지네. 사흘 전만 해도 백 개가 넘었는데……. 세려면 골치가 아플 정도였는데……. 그런데 이제는 쉬워. 저기 또 하나 떨어지네. 이제 다섯 개밖에 안 남았어."

"뭐가 다섯 개라는 거야? 말 좀 해봐."

"잎사귀들. 저 담쟁이덩굴 잎사귀들 말이야. 마지막 잎새가 떨어지면 나도 가야 해. 사흘 전부터 알고 있었어. 의사 선생님이 말씀해주시지 않던?"

"무슨 그런 말도 안 되는 소리를!" 수가 과장될 정도로 코웃음을 치며 말했다. "저 늙은 담쟁이덩굴 잎사귀랑 네 병이 낫는 거랑 무슨 상관이 있다는 거니? 이 못된 아가씨야, 너, 저 담쟁이덩굴을 좋아해서 그러는 거야. 그런 바보 같은 소리 하지 마! 오늘 아침 의사 선생님 말씀이 네가 곧 회복될 확률이—그래, 의사 선생님 말을 그대로 옮길게—십중팔구 회복될 거라고 했단 말이야. 그 정도면 우리가 뉴욕에서 전차를 타게 될 확률이나 새로 지은 빌딩 옆을 지나가게 될 확률이랑 같은 거야. 자, 수프를 좀 먹어봐. 이 수가 그림을 그릴 수 있게 해달란 말이야. 이 그림을 끝내고 편집자에게 보내서 돈을 받아야 앓고 누워 있는 아이가 마실 포도주와 걸신들린 내가 먹을 돼지고기를 살수 있을 것 아니니."

"포도주는 이제 살 필요 없어." 여전히 눈길을 창문 쪽으로 고정한 채 존시가 말했다. "저기 또 하나 떨어지네. 수프도 먹고 싶지 않아. 이제 네 잎 남았네. 어두워지기 전에 마지막 잎새가 떨어지는 걸 보고 싶어. 그러면 나도 떠날 거야."

"존시!" 수가 그녀에게 몸을 기울이며 말했다. "제발 눈을 좀 감을 수 없니? 내가 일을 마칠 때까지 밖을 내다보지 않을 수 없니? 내일까지는 이 삽화를 넘겨야 해. 그림 그리느라 빛이 필요하지 않았으면 당장 블라인드를 내렸을 거야."

"다른 방에 가서 그리면 안 되니?" 존시가 쌀쌀하게 말했다.

"네 곁에 있고 싶어서 그래. 게다가 네가 저 멍청이 같은 담쟁이덩굴만 바라보고 있는 것도 싫고."

"끝나면 바로 말해줘." 존시가 눈을 감더니 말했다. 마치 쓰러져 있는 조각상처럼 창백했으며 꼼짝도 하지 않았다. "마지막 잎새가 떨어지는 걸 꼭 보고 싶어서 그래. 기다리는 데 지쳤어. 생각하기도 지겹고. 나도 저 지치고 불쌍한 나뭇잎처럼 잡고 있던 모든 것을 다 놓아버리고 천천히 아래로, 아래로 떨어지고 싶어."

"잠을 좀 자려무나." 수가 말했다. "버먼 씨에게 세상을 등지고 사는 늙은 광부 모델이 되어달라고 부탁해야겠어. 잠깐이면 될 거야. 내가 돌아올 때까지 꼼짝 말고 있어."

버먼 노인은 그녀들과 같은 건물 1층에 사는 화가였다. 예순을 넘긴 나이였으며 미켈란젤로 그림에서의 모세처럼 곱슬곱슬한 턱수염이 사티로스(반인반수의 신)의 머리로부터 작은 악마를 닮은 몸통까지 길게 늘어져 있었다. 버먼은 실패한 화가였다. 40년 동안 붓을 휘둘렀지만 그가 섬기는 미의 여왕의 옷자락 근처에도 가보지 못했다. 그는 언제고 걸작을 그릴 태세가 되어 있었지만 아직 한 번도 시작조차 하지 못했다. 그는 몇 년 동안 이따금 상업용이나 광고용으로 어설픈 그림을 그린 것 외에는 완전히 손을 놓고 있었다. 그리고 전문 모델을 쓸 형편이 되지 않는 이곳 예술인촌 화가들에게 모델 노릇을 해주면서 푼돈을 벌고 있었다. 그는 진을 과하게 마시면서 걸작을 남길 것이라고 여전히 큰소리를 쳤다.

그런 것들만 제외하면 그는 성질 사나운 왜소한 노인네일 뿐이었다. 그는 누군가 부드럽고 다정한 모습을 보이면 지독하다 싶을 정도로 냉소를 던졌다. 하지만 이상하게도 위층에 사는 두 화가에 대해서만은 그녀들을 보호하기 위해 상시 대기 중인 특별 경비견을 자처했다.

수는 독한 진 냄새를 풍기며 어두침침한 자신의 소굴에 틀어박혀 있는 버먼을 만났다. 방 한구석에는 25년간 걸작의 첫 획을 하릴없이 기다려온 캔버스가 이젤 위에 놓여 있었다. 수는 버먼에게 존시의 망상에 대해 말해주었다. 그리고 세상을 붙들고 있는 존시의 힘이 약해져, 마치 그 나뭇잎처럼 정말로 가볍게 날아가 버릴까봐 두렵다고 말했다.

버먼 노인은 벌겋게 충혈된 눈으로 눈물을 줄줄 흘리며 존시의 그런 멍청한 생각에 대해 멸시와 조롱의 말을 마구 퍼부었다.

"뭐야! 아니, 그놈의 담쟁이덩굴에서 잎사귀가 떨어진다고 해서 자기도 죽을 거라고 생각하는 바보가 어디 있어! 원, 별 소리를 다 듣겠군. 그만둬, 그 멍청한 광부 모델은 안 서겠어. 아니, 어떻게 그런 멍청한 생각을 하도록 내버려둔 거야? 애고, 불쌍한 존시!"

"너무 아파서 약해진 거예요." 수가 말했다. "열이 너무 높아서 정신이 이상해진 거고, 그래서 이상한 생각을 하게 된 거예요. 좋아요, 모델 서주기 싫다면 관두세요. 대신 나는 아저씨가 정말 끔찍하고 늙어빠진 수다쟁이라고, 말만 많은 사람이라고 생각할 거예요!"

"자네도 어쩔 수 없이 여자로군!" 버먼이 소리쳤다. "내가 언제 모델을 서지 않겠다고 했어? 자, 가자고! 나도 함께 가자 이거야. 벌써 30분 전부터 모델 서줄 준비가 되었다는 말을 하려고 했다고! 제길! 이곳은 존시 양 같은 사람이 앓아누워 있을 곳이 못 돼. 언젠가 내가 걸작을 그리면 우리 함께 여길 떠나자고! 제길! 꼭 그래야 해!"

두 사람이 위층으로 올라갔을 때 존시는 잠들어 있었다. 수는 블라인드를 창문턱까지 끌어내린 다음 버먼에게 다른 방으로 가자고 고갯짓을 했다. 그곳에서 그들은 창밖의 담쟁이덩굴을 두려운 마음으로 쳐다보았다. 이어서 그들은 말없이 서로 마주 보았다. 진눈깨비가 집요하게 내리고 있었다. 낡은 푸른색 셔츠를 입은 버먼은 세상을 등지고 사는 광부의 모델 역을 하기 위해 거꾸로 뒤집어 놓은 주전자 위에 앉았다.

　다음 날 수가 한 시간 정도 눈을 붙이고 깨어보니 존시가 멍한 눈을 크게 뜨고 드리워진 녹색 블라인드를 바라보고 있었다.
　"이거 좀 올려줘. 보고 싶어." 그녀가 명령조로 낮게 속삭였다. 수는 마지못해 그녀가 시키는 대로 했다.
　그런데 맙소사! 밤새 비가 내리고 돌풍이 거세게 몰아쳤는데도 불구하고 담쟁이덩굴 잎사귀 하나가 벽돌담에 매달려 있는 것이 아닌가! 덩굴에 붙어 있는 마지막 잎새였다. 줄기 가까운 쪽은 여전히 짙은 녹색이었지만 톱니 모양의 가장자리는 누렇게 시든 채 지상 6미터 정도 높이에 용감하게 매달려 있었다.
　"마지막 잎새야." 존시가 말했다. "분명히 밤새 떨어졌을 거라고 생각했어. 바람 소리가 내내 들렸거든. 오늘 중으로 떨어질 거고 그러면 나도 죽게 될 거야."
　"오, 얘야!" 수가 지친 얼굴을 베개에 기대며 말했다. "네 생각을 하기 싫다면 내 생각이나 좀 해줘. 내가 도대체 어떻게 하라는 거니?"

하지만 존시는 대답하지 않았다. 머나먼 신비한 곳으로 여행을 떠날 준비가 되어 있는 영혼보다 더 외로운 존재가 어디 있겠는가? 그녀를 묶어두었던 우정의 끈을 비롯해, 그녀를 지상과 연결시켰던 모든 끈들이 점점 느슨해지면서 환상이 더욱더 그녀를 사로잡는 것 같았다.

날이 기울고 황혼이 될 때까지 그들은 그 외로운 담쟁이덩굴 잎이 가지 위에 매달려 있는 것을 볼 수 있었다. 이윽고 밤이 되자 북풍이 다시 불어오고 빗줄기가 거세게 창문을 때린 후 낮은 네덜란드식 처마를 타고 흘러내렸다.

날이 어느 정도 밝자 존시는 블라인드를 걷어 올리라고 가차없이 명령했다.

담쟁이덩굴은 여전히 그 자리에 있었다.

존시는 누운 채로 한참 동안 그것을 바라보았다. 이윽고 그녀는 가스스토브 위에 올려놓은 치킨수프를 젓고 있는 수를 불렀다.

"수, 나는 정말 나쁜 애였어." 존시가 말했다. "내가 얼마나 못된 애였는지를 보여주려고 무언가가 저 마지막 잎새를 저렇게 남겨둔 거야. 죽기를 바라는 건 죄악이야. 내게 수프를 좀 갖다줄래? 포도주를 조금 섞은 우유도 갖다줘. 그리고……, 아니야,

우선 거울부터 갖다줘. 그리고 등에 베개를 몇 개 받쳐줘. 몸을 일으켜서 네가 요리하는 걸 볼래.”

한 시간 후 그녀가 말했다.

“수, 언젠가는 나폴리만을 그려보고 싶어.”

오후에 의사가 왔다. 그가 떠날 때 수는 적당한 핑계를 대고 복도로 따라 나왔다.

“가능성이 반반이오.” 의사가 수의 떨리는 가냘픈 손을 잡으며 말했다. “잘만 돌봐주면 이길 거요. 자, 나는 아래층에 다른 환자를 보러 가야 하오. 버먼이라는 사람으로 화가 같던데……. 그 사람도 폐렴에 걸렸소. 나이도 들고 허약한 데다 급성이라서 가망이 전혀 없어요. 어쨌든 좀 편안하게 해주려고 오늘 병원으로 옮기기로 했소.”

다음 날 의사가 수에게 말했다.

“이제 위험에서 벗어났어요. 이긴 겁니다. 이제 잘 먹이고 잘 돌봐 주기만 하면 돼요.”

그날 오후 수가 다시 존시가 누워 있는 침대로 왔다. 존시는 아무 쓸모도 없는 파란 모직 스카프를 만족스런 표정으로 짜고 있었다. 수가 존시와 베개를 한꺼번에 끌어안으며 말했다.

"이 하얀 생쥐 아가씨야, 내가 말해줄 게 있어. 버먼 씨가 오늘 폐렴으로 병원에서 세상을 떠나셨어. 겨우 이틀 앓았을 뿐인데. 첫날 아침 건물 관리인이 아래층 그분 방에서 꼼짝 못 하고 앓아누워 있는 걸 발견했대. 신발과 옷이 흠뻑 젖어서 얼음장처럼 차가웠대. 그런 끔찍한 밤에 어딜 다녀온 건지 짐작조차 할 수 없었다는 거야.

그런데 아직 꺼지지 않은 등불, 늘 있던 자리에서 끌어낸 사다리, 그리고 흩어진 붓들과 초록색과 노란색 물감을 섞어 놓은 팔레트가 발견된 거야. 얘, 저기 창밖을 봐. 벽에 담쟁이덩굴 마지막 잎새가 보이지? 바람이 부는데도 살랑거리지 않고 꼼짝 않는 게 이상하지 않았어? 아, 존시, 저게 바로 버먼 씨의 걸작이야. 마지막 잎새가 떨어지던 밤에 저걸 그리신 거야."

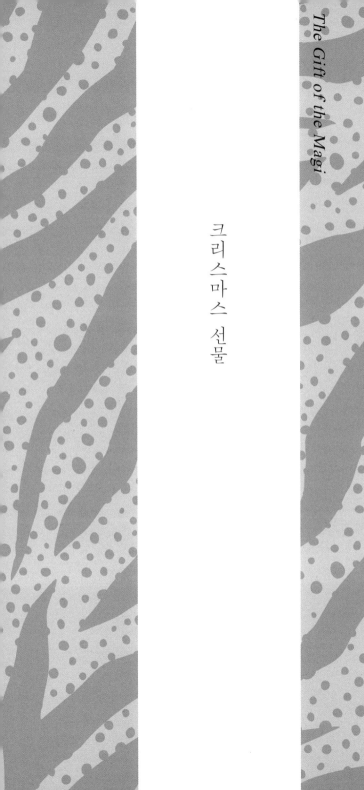

The Gift of the Magi

크리스마스 선물

크리스마스 선물

1달러 87센트. 그게 전부였다. 게다가 60센트는 1센트짜리 동전이었다. 동전들은 식료품점과 채소 가게, 그리고 정육점에서 가게 주인들을 우격다짐으로 몰아붙이면서 값을 깎아 한 푼, 두 푼씩 모은 것이었다. 그렇게 박박 깎으려드는 인색한 사람은 처음 봤다는 듯한 주인의 눈초리에 두 뺨이 화끈 달아오르면서 모은 돈이었다. 델라는 돈을 세 번이나 세어보았다. 1달러 87센트. 그리고 내일은 바로 크리스마스였다.

할 수 있는 일이라고는 낡고 작은 소파에 몸을 던지고 엉엉 우는 것밖에 없었다. 델라는 그렇게 했다. 삶이란 흐느낌과 훌쩍임과 미소로 이루어져 있으며 그중 훌쩍일 때가 가장 많다는 도덕적 성찰을 부추기는 모습이었다.

이 집의 여주인은 점차 흐느낌에서 훌쩍임의 단계로 넘어가면서 집 안을 한번 둘러보았다. 일주일에 8달러의 집세를 내는 가구 딸린 싸구려 아파트. 거지 같다고 할 정도는 아니었지만 '부랑자 조심'이라는 경고 문구가 문 앞에 걸려 있어도 이상할 게 없는 집이었다.

아래층 현관에는 편지 한 통 배달될 것 같지 않은 우편함과 아무리 눌러도 울리지 않을 것 같은 전기초인종 버튼이 있었다. 그리고 그 위에 '미스터 제임스 딜링험 영'이라는 이름이 적힌 문패가 붙어 있었다.

문패의 주인공이 주급 30달러를 받으며 한창 잘나갈 때는 '딜링험'이라는 문패의 글자가 미풍에도 신나게 휘날렸다. 하지만 수입이 주당 20달러로 줄어든 지금, '딜링험'이라는 글자는 흐릿해져서 마치 수줍고 겸손하게 머리글자인 D자 속으로 움츠러들고 싶어 하는 것 같았다. 그러나 미스터 제임스 딜링험 영이 집에 도착해 이 아파트로 들어서면 우리가 이미 델라라고 소개한 바 있는 제임스 딜림험 영 부인은 남편을 '짐'이라고 부르며 반갑게 끌어안는다. 참으로 흐뭇한 광경이다.

델라는 울음을 그치고 싸구려 분첩으로 뺨을 토닥거렸다. 그녀는 창가에 서서 잿빛 뒤뜰의 잿빛 울타리 위를 걸어가는 잿빛 고양이를 멍하니 쳐다보았다. 내일이면 크리스마스인데 그녀는 짐에게 선물을 사줄 돈이 1달러 87센트밖에 없었다. 여러 달 동안 기를 쓰고 모은 결과가 고작 이것이었다. 주급 20달러로는 어쩔 도리가 없었다. 매번 그녀가 세운 예산보다 지출이 컸다. 언제나 그런 법이다. 짐에게 선물을 사줄 돈이 고작 1달러 87센트라니……. 그녀의 짐인데……. 남편에게 뭔가 좋은 것을 사줄 계획을 세우며 행복한 시간을 가졌었는데……. 뭔가 멋지면서도 귀한 것, 그야말로 짐에게 어울리는 그 뭔가를 그렸었는데…….

방에는 유리창들 사이에 거울이 있었다. 아마 여러분들도 주당 8달러짜리 셋집에서 이런 거울을 본 적이 있을지 모르겠다. 몸이 가늘고 민첩한 사람이라야 길게 띠처럼 늘어진 거울에 비친 영상 조각들을 재빨리 관찰하고 모아서 자신의 모습을 제대로 알아볼 수 있는 그런 거울이었다. 델라는 늘씬했기에 그 기술에 통달해 있었다.

그녀는 갑자기 창가에서 몸을 휙 돌리더니 거울 앞에 섰다. 그녀의 눈이 반짝였지만 얼굴은 20초도 지나지 않아 해쓱해졌다. 그녀는 재빨리 머리를 풀어헤치고 길게 늘어뜨렸다.

그들 부부에게는 함께 자랑스러워하는 것이 두 가지 있었다.

그중 하나는 짐이 할아버지로부터 아버지를 거쳐 물려받은 금 시계였다. 다른 하나는 델라의 머리카락이었다. 만일 시바의 여왕이 건너편에 살았다면 델라가 머리카락을 창밖에 늘어뜨리고 말리는 모습을 보고 자신이 지닌 온갖 보물들과 선물들이 하찮게 여겨졌으리라. 만일 솔로몬이 아파트 관리인이었다면 자신의 보물을 지하에 잔뜩 쌓아놓고 있었으면서도 짐이 지나가면서 시계를 꺼내드는 모습을 보고 질투심에 수염을 잡아 뜯었으리라.

델라의 반짝이는 아름다운 머리카락이 마치 갈색 폭포처럼 물결치면서 그녀 몸 위로 늘어져 거의 무릎에까지 닿았다. 마치 옷을 입고 있는 것 같았다. 이어서 그녀는 약간 신경질적으로 황급히 머리를 말아 올렸다. 그녀는 잠시 망설이는 듯 꼼짝 않고 서 있었다. 눈물 한두 방울이 낡은 붉은 카펫 위로 떨어졌다.

그녀는 곧이어 낡은 갈색 재킷을 걸치고 낡은 갈색 모자를 썼다. 눈에는 여전히 눈물방울이 반짝이고 있었다. 그녀는 치맛자락을 펄럭이며 문을 나서더니 계단을 내려가 거리로 나섰다.

그녀는 '마담 소프리니 – 가발류 일체'라는 간판이 걸린 곳 앞에서 걸음을 멈추었다. 델라는 한숨에 달려 올라가서 헐떡이는 숨을 가다듬었다. 큰 덩치에 피부도 희고 냉정해 보이는 여주인은 '소프리니'라는 이름에 전혀 어울리지 않는 것 같았다.

"제 머리카락을 사시겠어요?" 델라가 물었다.

"사겠어요. 모자를 벗고 머리카락을 보여줄래요?"

곧이어 갈색 폭포가 찰랑거리며 흘러내렸다.

"20달러예요." 마담이 능숙한 손으로 머리칼을 들어 올리며 말했다.

"어서 주세요." 델라가 말했다.

오, 이후 2시간은 장밋빛 날개를 달고 훌쩍 지나가버렸다. 아니, 그런 진부한 비유 따위는 집어치우자. 그녀는 짐의 선물을 고르느라 가게란 가게는 다 훑고 다녔다.

그녀는 마침내 그것을 찾아냈다. 그것은 다른 누구도 아닌 오로지 짐을 위해서 만들어진 것 같았다. 그녀가 모든 가게를 다 쑤시고 다녔었지만 그런 물건은 없었다. 단순하지만 품위 있는 디자인의 백금 시곗줄이었다. 좋은 물건이 으레 그래야 하듯, 겉만 번지르르한 장식이 아니라 품질 그 자체로 물건의 값어치를 보여주는 시곗줄이었다. 게다가 그것은 짐의 시계와도 잘 어울렸다. 그녀는 그 물건을 보자마자 그 시곗줄의 주인은 바로 짐이라는 것을 알아차렸다. 또한 짐과 비슷하기까지 했다. 은은하게 자기가 지닌 값을 발하고 있다, 라는 표현은 그

둘 모두에게 딱 알맞았다.

시곗줄 값으로 21달러를 지불한 델라는 87센트를 갖고 서둘러 집으로 돌아왔다. 시계에 그 줄을 달면 짐은 누구에게나 시간을 보여주고 싶어 안달을 하게 되리라. 시계는 아주 기품이 있었지만 시곗줄 대신 매달아 놓은 낡은 가죽끈 때문에 짐은 남몰래 시계를 꺼내보곤 했었다.

집으로 돌아오자 델라는 흥분을 어느 정도 가라앉히고 신중함과 이성을 되찾았다. 그녀는 머리 다듬는 기구를 꺼낸 다음 가스 불 위에 올려놓았다. 그러고는 사랑에 관대함이 덧붙여져 행해진 파괴 행위의 현장을 손질하기 시작했다. 친애하는 독자 여러분, 이 어찌 엄청난 과업, 매머드급의 과업이라 하지 않을 수 있겠는가!

40분 후 델라의 머리는 짧고 곱슬곱슬한 머리카락으로 뒤덮였고, 영락없이 학교에 무단결석한 남학생 모습이 되었다. 그녀는 오랫동안 주의 깊게, 약간은 비판적인 눈길로 거울에 비친 자신의 모습을 바라보았다.

'짐이 나를 보자마자 죽이지만 않는다면 코니아일랜드 합창단 소녀 같다고 말할 거야. 하지만 어쩔 수 없었잖아. 1달러 87센트를 갖고 뭘 할 수 있었겠어?'

저녁 7시가 되자 그녀는 커피를 끓인 다음 프라이팬을 뜨거운 난로 위에 올려놓고 고기 도막을 요리할 준비를 했다.

짐은 단 한 번도 늦게 온 적이 없었다. 델라는 시곗줄을 반으로 접어 손에 꼭 쥔 채, 그가 늘 들어서는 문가에 놓인 탁자 구석에 앉았다. 이윽고 1층 계단을 올라오는 그의 발소리가 들리자 그녀의 얼굴이 잠시 하얗게 질렸다. 그녀에게는 매일매일의 일상에서 벌어지는 사소한 일에 대해 짧게 마음속으로 기도를 드리는 습관이 있었다. 그녀는 지금 이렇게 속삭이고 있었다.

'하느님, 짐이 나를 여전히 예쁘다고 생각하게 해주세요.'

이윽고 문이 열리고 짐이 안으로 들어와 문을 닫았다. 여윈 얼굴에 진지한 표정의 젊은이였다. 불쌍한 친구! 고작 스물두 살밖에 안 되었는데 가장의 짐을 짊어지고 있다니! 그에게는 새 코트가 필요했고 장갑조차 없었다.

안으로 들어선 짐은 마치 메추라기 냄새를 맡은 사냥개처럼 꼼짝도 하지 않았다. 그의 눈길이 델라에게 못 박혀 있었다. 그의 얼굴에는 그녀가 도저히 해독하기 어려운 표정이 나타나 있었고, 그녀는 더럭 겁이 났다. 그것은 분노도, 놀람도, 비난도 공포도 아니었으며, 그녀가 대비했던 그 어떤 감정 표현도 아니었다. 그는 다만 얼굴에 기묘한 표정을 지은 채 그녀를 뚫어지게 바라보고만 있을 뿐이었다.

델라는 탁자에서 쭈뼛거리며 일어나 그에게로 갔다.

"짐, 자기." 그녀가 외쳤다. "나를 그런 식으로 보지 마. 머리를 잘라서 팔았어. 자기에게 선물을 주지도 않고 크리스마스를 보내기는 싫었단 말이야. 머리카락은 또 자랄 거잖아. 괜찮지, 응? 그럴 수밖에 없었단 말이야. 머리카락은 정말 빨리 자랄 거야. '메리 크리스마스!'라고 말해줘, 짐. 즐겁게 지내자, 응. 자기는 내가 자기를 위해 얼마나 멋진 선물을 준비했는지 모를 거야."

"머리를 잘랐어?" 짐이 마치 아무리 머리를 굴려봐도 이 명백한 사실을 이해하고 받아들일 수 없다는 듯 힘겹게 말했다.

"응, 잘라서 팔았어." 델라가 말했다. "그래도 여전히 날 좋아할 거지? 머리카락이 없어도 나는 나잖아. 그렇지 않아?"

짐은 이상한 표정으로 방 안을 둘러보았다. 마치 머리카락을 찾는 것 같았다.

"그래, 이제 머리카락이 없어졌단 말이지?" 그는 마치 넋이 나가버린 바보처럼 말했다.

"찾아도 소용없어. 팔았거든. 말했잖아. 팔아 치웠다니까. 오늘은 크리스마스이브야. 화내면 안 돼요. 자기를 위해서 그런 거니까. 아마 내 머리카락 개수는 셀 수 있을지 몰라." 그녀는 갑자기 진지하면서도 달콤한 목소리로 말을 이었다. "하지만 그 누구도 자기를 향한 내 사랑은 헤아릴 수 없을걸. 짐, 고기를 불에 올려놓을까?"

짐은 넋이 나간 상태에서 곧바로 깨어난 것 같았다. 그는 그의 델라를 품에 꼭 안았다. 우리는 잠시 동안 눈길을 돌려 다른 쪽을 바라보며 생각을 좀 해보기로 하자. 일주일에 8달러건 일 년에 100만 달러건 대체 무슨 차이가 있단 말인가? 수학자나 재주가 있는 사람은 분명 틀린 대답을 내놓을 것이다. 동방 박사들은 아주 귀중한 선물들을 가지고 왔지만 그 선물들 중에도 답은 없다. 이 애매모호한 주장은 나중에 그 의미가 밝혀질 것이다.

짐은 외투 주머니에서 꾸러미를 하나 꺼내더니 탁자 위에 던져놓았다.

"오해하지 마, 델라." 그가 말했다. "머리를 자르건 아예 밀어버리건 혹은 머리를 감건 말건 내 아내를 위한 사랑은 변함이 없어. 하지만 저 포장을 풀어보면 내가 처음에 왜 그렇게 멍한 표정을 지었는지 알 수 있을 거야."

흰 손가락들이 재빠르게 포장 끈을 풀고 포장지를 뜯었다.

이어서 기쁨의 탄성이 울렸다. 그런 다음, 오오, 그 탄성이 발작적인 눈물과 통곡으로 변했으니, 이 아파트의 주인은 혼신의 힘을 다해 아내를 위로해야만 했다.

거기에는 장식용 빗 세트가, 옆머리와 뒷머리 장식용 빗 세트가, 델라가 브로드웨이 진열장에서 보고 오랫동안 너무나 반해 있던 바로 그 빗 세트가 놓여 있었으니! 가장자리에 보석을 박아 놓은, 진짜 거북 등딱지로 만든 아름다운 빗이었으며, 이제는 사라져버린 그녀의 머리칼에 꽂으면 더할 나위 없이 어울릴 만한 빗이었다. 그녀는 그 빗이 너무나 비싸서 다만 마음속으로만 간절히 바라고 있을 뿐 결코 자기 소유가 될 수 없다는 것을 잘 알고 있었다. 그런데 이제 그것이 그녀의 것이 되었건만, 그렇게 탐이 나던 장신구들이 빛내줘야 할 머리카락은 사라지고 없었다.

하지만 그녀는 그것들을 가슴에 꼭 끌어안았으며, 마침내 눈물 젖은 눈으로 남편을 바라보며 미소를 띤 채 말할 수 있었다.

"머리카락은 정말 빨리 자라, 짐!"

짐은 아직 자신의 아름다운 선물을 보지 못했다. 그녀는 손바닥을 펼쳐 당당하게 짐에게 내밀었다. 그 무심한 귀금속은 그녀의 밝고 열렬한 영혼의 빛을 받아 반사하듯 반짝거리고 있었다.

"멋있지 않아요, 짐? 이걸 찾으려고 온 시내를 다 뒤졌어. 이제 하루에도 수백 번씩 시계를 들여다 볼 거야. 자, 시계를 이리 줘봐요. 이 줄이 얼마나 잘 어울리는지 보고 싶어."

짐은 그 말을 따르는 대신 소파에 털썩 주저앉더니 두 손을 머리 뒤로 가져가며 빙긋이 웃음 띤 얼굴로 말했다.

"델라, 크리스마스 선물들은 어디로 치우고 당분간 그냥 보관해 두는 게 좋겠네. 지금 우리가 사용하기에는 너무 멋진 것들이거든. 실은 당신 빗을 사기 위해 시계를 팔았어. 자, 이제 고기를 불에 올려놓는 게 좋을 것 같은데……."

아시다시피 동방 박사들은 현명한 사람들이었다. 정말로 놀랄 만큼 현명해서 말구유에 누워 있는 아기 예수에게 선물을 가져왔다. 그들은 크리스마스 선물을 주고받는 풍습을 만들었다. 그들은 현명한 사람들이었으니 그들의 선물도 현명한 것들이었을 것이며 선물이 중복되는 경우에 다른 물건과 교환할 수도 있었을 것이다.

그런데 나는 여기서 싸구려 아파트에 살고 있는 두 명의 어리석은 '어린애'들의 이야기를 어설프게 여러분들에게 들려준 셈이다. 그 두 어린 부부는 현명하지 못하게도 각자 상대방을 위하여 집안에서 가장 소중한 보물들을 희생시켜버렸다. 하지만 오늘날 가장 현명하다고 자처하는 사람들에게 마지막으로 한마디 하고 싶다. 선물을 건넨 모든 사람들 중에서 이 두 사람만큼 현명한 사람은 없다는 말이 바로 그것이다. 선물을 주고받는 모든 사람들 중에서 이 두 사람은 가장 현명하다. 그 어디에서건 그들은 가장 현명하다. 그들이 바로 동방 박사이다.

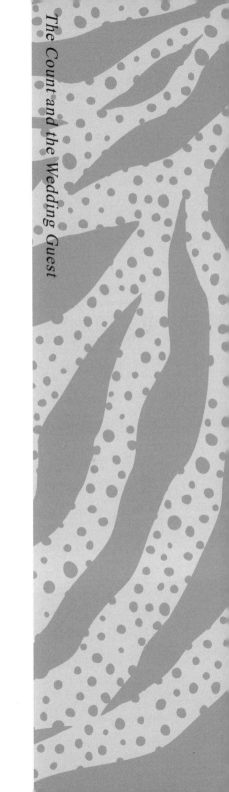

The Count and the Wedding Guest

백작과 결혼식 손님

백작과 결혼식 손님

어느 날 저녁 앤디 도너번이 2번가에 있는 자신의 하숙집으로 저녁을 들러 갔을 때 스콧 부인이 새로운 하숙인이라며 콘웨이 양이라는 젊은 숙녀를 소개해주었다. 미스 콘웨이는 몸집도 작고 별로 눈에 띨 것이 없는 여자였다. 그녀는 짙은 갈색의 평범한 옷을 입은 채 오로지 자기 음식 접시에만 관심을 쏟고 있었지만 그조차 그다지 열의를 내는 것 같지는 않았다. 그녀는 머뭇거리는 듯 눈썹을 들어 올려 도너번 씨를 향해 마치 판사와 같이 명쾌한 시선을 흘낏 던지더니 공손하게 그의 이름을 중얼거린 다음 다시 양고기로 시선을 돌렸다. 도너번 씨는 사회적으로나 사업적으로, 또한 정치적으로 그에게 빠른 성공을 가져다준 우아하고 밝은 미소를 띠며 고개 숙여 인사하고는 그

갈색 드레스의 아가씨를 관심 대상에서 지워버렸다.

그로부터 2주일 후 앤디는 현관 계단에 앉아 시가를 즐기고 있었다. 그의 머리 위와 등 뒤에서 바스락거리는 소리가 들려 그는 무심코 흘낏 고개를 돌렸다가 그대로 멈춰버렸다.

콘웨이 양이 문밖으로 나서는 중이었다. 그녀는 얇은 실크로 된 칠흑같이 검은 드레스를 입고 있었다. 모자도 검은색이었으며 모자로부터 거미줄처럼 얇은 베일이 늘어져 바람에 나부끼고 있었다. 그녀는 계단 맨 위에 서서 까만 실크 장갑을 꼈다. 그녀의 복장 어느 구석에서도 흰색이나 다른 색은 전혀 찾을 수 없었다. 매끈하게 흘러내려온 풍성한 금발이 목덜미 부근에서 매듭으로 묶여 부드럽게 빛나고 있었다.

그녀의 얼굴은 예쁘다기보다는 평범한 편이었다. 하지만 호소력 있는 슬픔과 애수를 담은 표정으로 집들 너머 거리를 가로질러 하늘을 응시하고 있는 그녀의 커다란 회색 눈 덕분에 그녀의 얼굴은 빛을 발하고 있었고 거의 아름답게 보이기까지 했다.

여인들이여, 기억해 두어라. 온통 얇고 부드러운 검은 옷으로 감싸고 슬픈 표정으로 먼 곳을 바라보라. 머릿결이 검은 베일 아래 빛나는 가운데(물론 금발이어야 한다), 비록 젊은 나이에 곧

바로 삼단뛰기로 삶을 마감해야 하는 순간을 맞고 있더라도 공원을 산책하기만 하면 모든 것이 한결 좋아질 것 같은 표정을 지으려 애를 써라. 그리고 무엇보다 알맞을 때에 문을 나서야 한다. 오, 그러면 언제고 그들을 사로잡을 수 있으리니! 하지만 상복(喪服)에 대해 이따위 말이나 지껄이고 있는 걸 보니 나는 정말 못된 놈이고 냉소적인 놈인가 보다.

도너번은 홀연 콘웨이 양을 그의 관심 목록에 다시 적어 넣었다. 그는 아직 8분이나 더 피울 수 있는 2센티미터 길이의 시가를 던져버리고 몸의 무게 중심을 재빨리 목이 짧은 에나멜가죽 구두로 옮겼다.

"아주 맑고 상쾌한 저녁입니다, 콘웨이 양." 그가 말했다.

만일 기상청에서 그의 확신에 찬 목소리를 들었다면 기상청은 광장에 하얀 깃발을 내걸고 깃대에 못을 박아버렸으리라.

"맑은 날씨를 즐길 마음을 가진 사람들에게나 그렇겠지요, 도너번 선생님." 콘웨이 양이 한숨을 내쉬며 말했다.

도너번은 진심으로 맑은 날씨를 저주했다. 무정한 날씨 같으니라고! 콘웨이 양의 기분에 맞추려면 우박이 쏟아지거나 눈보라라도 쳐야 하는 것 아닌가!

"혹시 친척 중 한 분이? ……큰일을 당하신 게 아니시기를……." 도너번이 과감하게 말했다.

"이미 저 세상으로……." 콘웨이 양이 머뭇거리며 말했다. "친척은 아니고…… 다른 사람…… 아니에요, 도너번 씨. 제 슬픔을 당신께 강요하지 않겠어요."

"강요라니요?" 도너번이 항의했다. "그럴 리가요. 오히려 기꺼이……. 그러니까 정말 유감스럽게…… 말하자면 그 누구보다 진정으로 당신의 슬픔을 함께 나눌 거란 말씀입니다."

콘웨이 양은 희미하게 웃었다. 아, 그 웃음은 차분한 표정보다 더 슬퍼 보였다.

"웃어라, 그러면 세상이 그대와 함께 웃으리라. 울어라, 그러면 세상이 그대를 보고 웃으리라." 그녀가 시구(詩句)를 인용하며 말했다. "도너번 씨, 저는 그렇게 배웠어요. 저는 이 도시에 친구도 없고 친지도 없어요. 하지만 당신께서는 제게 친절을 베풀어주셨어요. 정말 감사드려요."

도너번은 식탁에서 그녀에게 후추를 두세 번 건네준 적이 있었다.

"뉴욕에서 홀로 지낸다는 건 힘든 일이지요. 그건 확실합니다." 도너번이 말했다. "하지만 이 도시는…… 이 작은 오래된 도시가 마음을 풀고 한번 친해지면 갈 데까지 간답니다.

저, 콘웨이 양, 공원을 잠시 거닐어볼 생각이 없습니까? 울적한 기분을 좀 떨쳐낼 수 있지 않을까요? 괜찮으시다면 저도 함께……."

"감사해요, 도너번 씨. 마음이 온통 우울함으로 가득 차 있는 사람과 함께 있는 게 괜찮으시다면 기꺼이 당신의 제안을 받아들이겠어요."

그들은 전에는 특권층만 바람을 쐬던, 철책으로 둘러싸인 다운타운의 오래된 공원으로 갔다. 그들은 열린 문 안으로 들어가 산책을 한 다음 조용한 벤치를 발견하고 앉았다.

젊은 시절의 슬픔과 노년의 슬픔 사이에는 차이가 있다. 젊은이의 슬픔이라는 짐은 다른 사람과 나누면 그만큼 가벼워진다. 하지만 노년에는 그 슬픔을 나누어주고 또 나누어주어도 여전히 같은 무게로 남는다.

"제 약혼자였어요." 한 시간 정도 흐른 뒤에 콘웨이 양이 털어놓았다. "다음 해 봄에 결혼하기로 약속한 사이였어요. 거짓말처럼 들리실지 모르지만 그 사람은 정말 백작이었어요. 이탈리아에 영지와 성이 있었어요. 페르난도 마치니가 그 사람 이름이에요. 그보다 더 고상한 사람은 본 적이 없어요. 아빠는 물론 반대하셨어요. 한번은 둘이 도망간 적이 있었는데, 아빠가

쫓아와서 우리를 함께 다시 데려갔어요. 저는 아빠와 페르난도가 결투라도 벌일까봐 겁이 났어요. 아빠는 저기 포키프시에서 마차 대여업을 하세요.

결국 아빠가 마음을 바꾸셔서 승낙을 하셨고 우리는 다음 해에 결혼을 하기로 했어요. 페르난도는 아빠께 작위 증명서와 재산을 증명하는 서류들을 보여드린 후 우리가 살아갈 성을 수리하기 위해 이탈리아로 건너갔어요. 아빠는 자존심이 무척 강한 분이라서 그 사람이 혼숫감을 장만하라며 제게 몇 천 달러를 주려고 하자 그 사람을 몹시 꾸짖으셨어요. 심지어 그 사람에게 반지랑 다른 선물들도 못 받게 하셨다니까요. 페르난도가 떠난 후 나는 이 도시로 와서 사탕 가게 회계 담당 직원으로 취직했어요.

그런데 사흘 전에 이탈리아에서 편지가 한 통 왔어요. 포키프시로 보낸 걸 다시 제게 보낸 거였어요. 페르난도가 곤돌라에서 난 사고로 죽었다는 내용이었어요.

그래서 제가 상복을 입은 거랍니다. 제 마음은 영원히 그 사람과 함께 묻혀 있을 거예요. 저는 정말 아는 사람 없이 홀로 지내지만 그렇다고 그 누구에게도 관심을 가질 수가 없어요. 제가 당신의 즐거움을 방해하거나 당신을 즐겁게 해주는 친구들로부터 당신을 떼어놓으면 안 되겠지요. 이제 집으로 돌아가고 싶지 않으세요?"

자, 여성들이여! 만일 젊은이가 곡괭이와 삽을 찾으려고 허겁지겁 뛰어가는 모습을 보고 싶거든 그대의 마음이 그 누군가 다른 사람의 무덤에 묻혀 있다고 말하라. 젊은 남자들이란 본능적으로 무덤 도굴꾼이다. 어느 미망인에게건 물어보아라. 남자들은 검은 비단 상복을 입고 눈물 흘리는 천사들에게서 사라진 감정을 되살리기 위해 무슨 짓이든 다 하는 법이다. 그러니 아무리 보아도 죽은 남자만 불쌍한 꼴이다.

"정말 안 된 일입니다." 도너번이 정중하게 말했다. "아직 집으로 돌아가지 맙시다. 그리고 콘웨이 양, 이 도시에 친구가 없다는 말은 더 이상 하지 마세요. 저는 당신의 일을 정말 애석하게 여기고 있습니다. 제가 당신의 친구라는 것, 그리고 제가 정말 애석해한다는 사실을 믿어주시기 바랍니다."

"여기 주머니에 그 사람 사진이 있어요." 콘웨이 양은 손수건으로 눈가를 훔치며 말했다. "아무에게도 보여준 적이 없어요. 하지만 도너번 씨, 당신께는 보여드리겠어요. 당신이 저의 진정한 친구라고 믿으니까요."

도너번은 콘웨이 양이 목에서 풀어내어 보여준 작은 갑 속의 사진을 오랫동안 흥미롭게 바라보았다. 마치니 백작의 얼굴이 흥미를 끌만 했던 것이다. 호감을 주는 인상에 지적이었고 밝은 얼굴이었으며 미남이라고 할 만했다. 게다가 주변 사람들의 리더가 될 만한 강인하고 활기에 찬 얼굴이었다.

"방에는 액자에 넣은 큰 사진이 있어요." 콘웨이 양이 말했다. "집으로 돌아가면 보여드릴게요. 페르난도를 떠올리게 하는 건 그것뿐이에요. 하지만 그는 언제나 제 마음속에 남아 있을 거예요. 정말이에요."

도너번은 아주 미묘한 과제를 떠맡은 셈이었다. 콘웨이 양의 가슴에서 그 불행한 백작을 몰아내는 일이 바로 그것이었다. 그녀를 찬미하는 마음이 그에게 그 결심을 하게 만들었다. 하지만 그 막중한 임무 때문에 그의 마음이 무거워진 것 같지는 않았다. 그녀의 슬픔에 동참하되 그녀를 북돋는 친구가 되는 것, 그것이 바로 그가 맡은 역할이었다. 그가 그 역할을 대단히 성공적으로 수행했기에 그 후로 30분 동안 그들은 아이스크림 두 접시를 사이에 두고 자못 구슬픈 이야기를 주고받았다. 비록 콘웨이 양의 커다란 회색 눈에서 슬픔의 그림자가 조금도 줄어든 것 같지는 않았지만 말이다.

그날 저녁 홀에서 작별 인사를 나누기 전에 그녀는 위층으로 달려 올라가더니 사진 액자를 하얀 실크 스카프로 정성스럽게 싸서 아래로 가져왔다. 도너번은 알 듯 모를 듯한 눈길로 사진을 유심히 살펴보았다.

"이탈리아로 떠나는 날 밤 이걸 제게 주었어요." 콘웨이 양이 말했다. "갑 속에 넣고 다니는 건 이걸로 만든 거예요."

"잘생긴 분이로군요." 도널드가 진심으로 말했다. "그런데 콘웨이 양, 다음 주 일요일 오후에 코니아일랜드로 모시고 가고 싶은데, 괜찮으시겠습니까?"

한 달 후 그들은 그들이 약혼했음을 스콧 부인과 다른 하숙인들에게 발표했다.

약혼을 발표한 지 일주일 뒤 두 사람은 다운타운 공원 안, 전과 같은 벤치에 앉아 있었다. 달빛 아래 팔랑거리며 떨어지는 나뭇잎을 맞으며 앉아 있는 두 사람은 마치 흐릿한 활동사진 속의 모습 같았다. 하지만 웬일인지 도너번은 하루 종일 얼이 빠진 것 같았고 우울했다. 오늘 밤 그가 너무 말이 없자 연인의 입술은 사랑하는 마음이 제기하는 질문을 더 이상 억누를 수 없었다.

"무슨 일이에요, 앤디. 오늘 너무 엄숙하고 부루퉁해 있는 것 같아요."

"아무것도 아니야, 매기."

"아무것도 아니긴……. 난 다 알아요. 내가 모를 줄 알고? 전에는 이런 적이 없었어요. 무슨 일이에요?"

"별 일 아니라니까."

"아니, 뭔가 있어요. 알아야겠어요. 분명히 다른 여자 생각하고 있는 거지요? 맞아! 그렇게 좋다면 그 여자에게 가지 그래요? 제발 그 팔 좀 치워줄래요."

"그렇다면 말해주지." 앤디가 현명하게 말했다. "하지만 자기가 제대로 알아듣기 어려울 텐데……. 마이크 설리반이라는 사람 이름 들어봤지? 사람들이 모두 '빅 마이크' 설리번이라고 부르는 사람인데."

"아니, 못 들어봤어요." 매기가 말했다. "그 사람 때문에 이런 행동을 하는 거라면 듣고 싶지 않아요. 그 사람이 도대체 누군데요?"

"뉴욕에서 가장 큰 거물이야." 앤디가 거의 숭배하는 어조로 말했다. "정치에도 줄을 많이 대고 있어서 무슨 일이건 마음만 먹으면 할 수 있는 사람이지. 키가 1킬로미터쯤 솟아 있고 가슴 넓이는 이스트강 정도라고 보면 돼. 그 사람에게 불리한 말을 한 마디라도 입 밖에 냈다가는 당장에 수백만 명이 멱살을 잡으려고 달려들 거야. 전에 그 사람이 자신의 고향 왕국을 방문했더니 왕이 토끼처럼 구멍 속에 숨어서 나오지 않았다지.

그 빅 마이크가 나랑 친해요. 나야 그 사람에 비하면 정말 보잘것없는 사람이지만 그는 통이 커서 우리처럼 별 볼 일 없거나 가난한 사람과도 가깝게 지내고 있어. 오늘 바워리가에서 그 사람을 우연히 만났어. 그가 어떻게 했는지 알아? 내게 다가와 악수를 청했어. 그리고 말했어. '앤디, 자네를 죽 지켜보았네. 자네 지역에서 아주 열심히 잘 해내고 있더군. 자네가 자랑스러워. 뭘 마시겠나?' 그는 시가를 피우고 나는 하이볼을 마셨지. 이야기를 나누다가 내가 2주 후에 결혼할 것이라고 그에게 말했어. 그러자 그가, '어, 축하하네! 내게 초청장을 보내줘. 기억하고 있다가 결혼식에 꼭 참석할 테니'라고 말하더군. 그는 자기가 한 말을 꼭 지키는 사람이야.

아마, 자기는 이해하기 어려울지 몰라도 빅 마이크 설리번이 내 결혼식에 참석할 수만 있다면 내 손목 하나라도 기꺼이 자를 수 있어. 내 인생에서 가장 자랑스러운 날이 될 거야. 그가 어떤 사람의 결혼식에 간다는 건 평생 영광이 될 결혼식을 치른다는 것을 뜻해. 내가 오늘 좀 우울해 보이는 건 그 때문이야.”

"아니, 그렇다면 그분을 초대하면 되잖아요. 그분이 그렇게 중요한 분이라면." 매기가 가볍게 대꾸했다.

"그럴 수 없는 이유가 있어." 앤디가 우울하게 말했다. "그분이 거기 오면 안 되는 이유가 있어. 그게 뭔지는 묻지 말아줘. 자기에게 말해줄 수 없거든."

"아이, 상관없어요. 분명히 정치 문제겠지. 하지만 그게 자기가 내게 웃음을 보내지 않을 이유가 될 수는 없잖아요."

"매기," 앤디가 즉시 말을 받았다. "자기, 전에 그 사람, 그러니까 마치니 백작을 생각했던 만큼 내 생각을 하고 있어?"

그는 한참을 기다렸지만 매기는 대답하지 않았다. 그러더니 갑자기 그녀가 그의 어깨에 기대어 울기 시작했다. 그녀는 어깨를 들썩하면서 그의 팔을 꽉 잡고는 검은 비단옷이 젖을 정도로 눈물을 흘렸다.

"자, 자, 진정해." 앤디는 자신의 문제는 제쳐 놓고 그녀를 달래기에 바빴다. "대체 왜 그러는 거야?"

그러자 매기가 울먹이며 말했다.

"자기, 내가 거짓말을 했어요. 자기는 나랑 결혼하지 않을 거고, 더 이상 나를 사랑하지 않을 거야. 하지만 털어놓아야만 할 것 같아. 앤디, 애초에 백작 같은 건 없었어요. 애인이 있었던 적도 없었어요. 다른 여자애들은 다 있는데……. 걔들은 자기 애인 이야기들을 했어. 그런데 다른 남자들은 그런 애를 더 좋아하는 것 같았어.

앤디, 자기도 알다시피 난 검은 옷이 잘 어울리잖아요. 난 결심하고 사진 점에 가서 근사한 남자 사진을 하나 샀어요. 그리고 작은 사진을 만들어 목걸이에 걸고 다니면서 백작 이야기랑 그가 죽었다는 이야기를 지어내고 검은 옷을 입은 거예요.

아무도 거짓말쟁이는 좋아하지 않을 거야. 앤디, 자기는 날 차버릴 테고 난 부끄러워서 죽어버릴 거야. 오, 자기 외에는 아무도 좋아해본 사람은 없어. 이게 다예요."

그런데 앤디의 팔이 그녀를 밀어내기는커녕 더 바싹 끌어안는 것이 아닌가? 그녀는 고개를 들어 해맑은 웃음을 짓고 있는 그의 얼굴을 쳐다보았다.

"자기, 자기……. 나를 용서해줄 수 있어요?"

"물론이지." 앤디가 말했다. "그런 건 이제 아무 문제도 안 돼. 백작 따위는 무덤으로 가라지. 매기, 자기가 모든 문제를 해결한 거야. 난 자기가 결혼 전에 모든 걸 털어놓길 바라고 있었던 거야. 요런 개구쟁이 아가씨야!"

"앤디." 매기가 자신이 분명 용서받았다는 확신이 들자 부끄러운 미소를 지으며 말했다. "자기, 그 백작에 대한 이야기를 다 믿었어요?"

"뭐, 그렇게까지 믿은 건······." 앤디가 시가 케이스로 손을 뻗으며 말했다. "왜냐하면 자기가 목에 걸고 다니던 사진이 바로 빅 마이크 설리번의 사진이었거든."

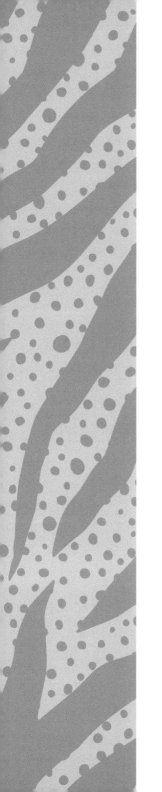

The Cop and the Anthem

경찰과 찬송가

경찰과 찬송가

매디슨스퀘어 공원 안의 전용 벤치에서 소피는 불편하게 몸을 움찔거리고 있었다. 기러기가 높은 밤하늘에서 끼룩끼룩 울어대고 바다표범 가죽 외투가 없는 여자들이 남편에게 상냥해질 때, 그리고 소피가 공원 벤치에서 몸을 불편하게 움찔거릴 때면, 그것은 겨울이 가까이 왔다는 신호였다.

낙엽이 소피의 무릎에 떨어졌다. 잭 프로스트(겨울을 의인화해서 표현한 것. 프로스트는 서리라는 뜻 – 옮긴이 주)의 명함이었다. 잭은 메디슨스퀘어의 상시 거주자들에게 아주 친절해서 자신의 연례 방문을 미리 경고해준다. 잭은 모든 거리 모퉁이마다 노숙자들의 맨션 문지기 격인 북풍에게 두터운 명함을 건네주어 맨션 거주자들이 미리 대비할 수 있게 해주는 것이다.

소피도 이제 다가올 혹독한 시절에 대비하기 위해 단독 세입 세출 위원회를 열어 문제를 해결할 때가 되었음을 알았다. 그 때문에 그는 벤치에서 몸을 불편하게 움찔거린 것이다.

겨울에 대비하겠다는 소피의 야심은 그다지 대단할 것도 없었다. 지중해로 크루즈 여행을 떠난다거나 저 남쪽 베수비오만을 둥둥 떠다니면서 나른하게 수상 스키를 즐기고자 하는 생각 같은 것은 아예 고려 대상이 되지 않았다. 그의 영혼이 간절하게 바라는 것은 세 달간을 섬에서 지내는 것이었다. 북풍의 신 보레아스와 청색 제복을 입은 경찰들에게서 벗어나 세 달간 식사와 잠자리, 그와 더불어 마음 맞는 동료를 확실하게 확보하는 것, 그것이 그가 바라는 핵심이었다.

이미 여러 해 동안 손님 대접이 후한 블랙웰 교도소가 그의 겨울철 숙소였다. 운이 좋은 뉴욕 주민들이 매년 겨울 팜비치나 리비에라 해안행 티켓을 사듯이 소피는 한겨울에 섬으로 연례적인 헤지라(도피)를 떠날 채비를 해왔던 것이다. 그리고 이제 그때가 왔다. 지난밤, 저 유서 깊은 스퀘어의 분수 옆 벤치 위에서 잠을 청하면서 외투 안쪽과 발목, 무릎에 골고루 배분했던 세 장의 신문만으로는 추위를 막아내는 데 실패할 수밖에 없었다. 그래서 때맞춰 섬이 소피의 머리에 크게 떠오른 것이다.

그는 극빈자들을 위해 자선이라는 이름으로 제공되는 음식을 경멸했다. 소피의 견해로는 법이 박애보다 더 상냥했다. 소박한 삶에 걸맞은 숙박과 식사를 제공하는 기관은 시립 단체건 자선 단체건 무수히 많았다. 하지만 소피처럼 자존심이 강한 사람에게 자선으로 베푸는 선물들은 거추장스럽기만 했다. 자선의 손길이 제공한 모든 혜택에는 돈 대신 수치라는 대가를 지불해야만 했다. 시저에게는 브루투스가 있듯이 모든 자선 침대에는 목욕이라는 통행세가 붙어 있으며 모든 빵 덩어리에는 지극히 사적이고 개인적인 일에 대한 심문이라는 대가가 뒤따랐다. 따라서 법이 초대하는 손님이 되는 것이 낫다. 법은 비록 규칙을 너무 엄격히 지키게 만들기는 하지만 신사의 사생활에 지나치게 끼어들지는 않는다.

섬으로 가기로 작정한 소피는 즉시 자신의 소망을 달성하기 위한 작업에 착수했다. 여러 가지 손쉬운 방법이 있었다. 가장 유쾌한 방법은 비싼 식당에 가서 호화판 식사를 하는 것이었다. 그런 후 돈이 없다고 선언하고 아무 소동 없이 얌전하게 경찰관에게 넘겨지면 그만이었다. 나머지는 싹싹한 치안 판사가 다 알아서 해주리라.

소피는 벤치에서 일어나 어슬렁거리는 걸음걸이로 광장 밖으로 나가, 브로드웨이와 5번가가 합류하는 평평한 아스팔트의 바다를 건넜다. 그는 브로드웨이를 끼고 돌아서 어느 화려한 카페 앞에서 멈춰 섰다. 밤마다 포도와 누에와 원형질에서 나온 최상급 산물들이 집결되는 곳이었다(각기 술, 의복과 그것들을 마시고 입고 있는 사람들을 의미함 – 옮긴이 주). 소피는 윗도리 맨 아래 단추부터 위쪽으로는 자신이 있었다. 면도도 했고 외투는 말쑥했으며 깨끗한 검은색 매듭 넥타이는 추수 감사절에 어느 여선교사로부터 선물로 받은 것이었다. 별 의심을 받지 않고 자리까지 안내만 받을 수 있다면 성공은 그의 것이었다. 또한 그의 주문에 의해 식탁에 늘어놓게 될 음식들은 혹시 웨이터가 갖고 있을지도 모를 의심을 불식시켜 주리라. 소피는 청둥오리구이에 카망베르 치즈를 곁들이고 샤블리 포도주 한 병을 주문한 다음, 마지막으로 커피와 시가를 주문하리라고 마음먹었다. 시가는 1달러면 충분하리라. 그러니 전부 합해봐야 카페 주인에게 불타는 복수심을 불러일으킬 만큼 큰 액수는 아니리라. 그래도 그 식사는 그를 포만감을 느끼며 행복감에 젖어 겨울 은신처로 여행을 떠날 수 있게 해주기에 충분하리라.

그러나 소피가 막 식당 안으로 들어서려는 순간, 수석 웨이터의 눈길이 그의 해진 바지와 너덜너덜한 구두에 쏠렸다. 억

센 손길이 재빠르게 그를 돌려세웠고 조용하고도 신속하게 보도로 내쫓음으로써 위기에 처했던 청둥오리를 치욕의 운명에서 구해주었다.

소피는 브로드웨이 옆길로 들어섰다. 그가 열망하는 섬으로 가는 길에 식도락이 함께 할 수는 없는 것 같았다. 림보(지옥의 변방)로 들어가는 길을 다시 모색해야만 했다.

6번가 모퉁이, 유리창 안쪽 불이 훤히 밝혀진 곳에 상품들이 솜씨 있게 진열되어 있어 눈길을 확 끄는 쇼윈도가 보였다. 소피는 자갈을 하나 집어 유리창을 향해 던졌다. 경찰관을 앞세우고 사람들이 모퉁이로 달려왔다. 소피는 손을 주머니에 찌른 채 얌전히 서서 경찰관의 황동 단추를 바라보며 웃고 있었다.

"돌을 던진 놈 어디로 갔소?" 흥분한 경찰관이 소피에게 물었다.

"내가 그 일과 관련이 있으리라고는 생각하지 않으시는지요?" 소피가 말했다.

빈정거리는 투가 전혀 없었다고는 말 못 하겠지만 그래도 행운을 반갑게 맞이하려는 정다움이 배어 있었다.

경찰관은 소피를 이 사건과 연결시킨다는 생각 자체를 아예 거부했다. 돌을 던진 자가 어찌 법의 앞잡이와 협상을 벌이기 위해 남아 있을 수 있단 말인가! 그런 자는 줄행랑을 치기 마련이다. 경찰은 반 블록 정도 떨어진 곳에서 한 사내가 차를 잡기 위해 뛰어가는 모습을 보았다. 경찰은 곤봉을 빼들고 그 남자를 향해 달려갔다. 두 번이나 실패의 쓴맛을 본 소피는 기분이 상한 채 천천히 거리를 걸어 내려갔다.

거리 맞은편에 수수한 식당이 하나 있었다. 싼 값에 양껏 배불리 먹을 수 있는 식당이었다. 그릇과 분위기는 투박했고 수프와 냅킨은 얄팍했다. 이곳에서는 주인을 고발해대는 그의 신발도, 내막을 폭로해대는 바지도 얌전하기만 했다. 그는 자리를 잡고 앉아 비프스테이크와 핫케이크와 도넛, 파이를 먹었다. 그런 후 그는 웨이터에게 자기에게 땡전 한 푼 없다고 털어놓았다.

"자, 빨리 경찰을 부르시오." 소피가 말했다. "점잖은 사람 기다리게 하지 말고."

"너 같은 놈에게 경찰은 무슨 경찰!" 맨해튼 칵테일에 들어 있는 체리 같은 눈망울의 웨이터가 버터케이크 같은 목소리로 외쳤다. "어이, 콘!"

두 명의 웨이터는 소피의 왼쪽 귀가 딱딱한 보도에 정통으로 부딪칠 정도로 사납게 그를 패대기쳤다. 소피는 마치 목수가 접혀진 자를 펴듯이 관절 마디마디를 펴면서 몸을 일으키더니 옷에 묻은 먼지를 털었다.

체포된다는 것은 달콤한 장밋빛 꿈같았다. 섬은 너무 멀리 있는 것 같았다. 두 집 건너 약국 앞에 서 있던 경찰관은 웃음을 터뜨리더니 길을 따라 내려갔다.

다섯 블록을 걸어가서야 소피는 다시 한번 체포되기를 시도해보겠다는 용기를 낼 수 있었다. 그는 어리석게도 이번이야말로 '식은 죽 먹기'라고 생각했다. 수수한 옷차림에 인상이 좋은 젊은 여자가 면도용 컵들과 잉크스탠드가 진열되어 있는 쇼윈도 앞에서 진열된 물건들을 생글거리며 열심히 바라보고 있었다. 그로부터 2미터 정도 떨어진 곳에는 몸집이 거대한 경찰관 한 명이 엄한 표정으로 소화전에 기대어 서 있었다. 소피는 비열하고 지저분한 치한 노릇을 하기로 계획을 세웠다. 제물이 될 여자의 우아한 모습, 그 곁에 성실한 경찰관이 서 있다는 사실은 이제 곧 경찰관이 자신의 팔을 기분 좋게 꽉 붙잡게 될 것이며 그 작디작은 섬에서 겨울 숙소를 보장받게 될 것이라고 믿어 의심치 않게 만들었다.

소피는 여선교사가 준 넥타이를 똑바로 매고 접혀 있던 옷소매를 내려 편 다음 모자를 비스듬히 폼 나게 쓰고는 젊은 여자를 향하여 슬금슬금 다가갔다. 그는 여자에게 추파를 던지며 '에헴' 하고 기침을 한 다음 능글맞게 웃으며 '치한'의 입에서 나올 만한 뻔뻔스럽고 비열한 말들을 내뱉었다. 소피는 슬쩍 곁눈질로 경찰관을 바라보았다. 경찰관은 그를 뚫어져라 주시하고 있었다. 젊은 여자는 몇 걸음 뒤로 물러나더니 다시 면도용 컵을 열심히 쳐다보았다. 소피는 대담하게 그녀에게 가까이 다가가서 모자를 벗으며 말했다.

"어이, 베델리아! 우리 집에 가서 한판 신나게 놀아볼까!"

경찰관은 여전히 그를 바라보고 있었다. 박해를 받고 있는 여자가 손가락만 까딱하면 소피는 그가 그토록 간절히 소망하는 섬 안식처로 갈 수 있을 판이었다. 그는 이미 경찰서의 아늑한 온기를 온몸으로 느낄 수 있는 것 같았다. 젊은 여자는 그를 빤히 쳐다보더니 손을 뻗어 소피의 소매를 잡았다.

"좋아, 마이크!" 그녀가 명랑하게 말했다. "나한테 맥주 한 통만 쏜다면 말이야. 진즉에 말을 걸고 싶었는데 경찰이 보고 있었거든."

소피는 참나무 줄기에 달라붙은 담쟁이덩굴처럼 그에게 매달리는 여자와 함께 우울한 표정으로 경찰관 앞을 지나쳤다. 아무래도 자유는 그가 타고 난 숙명인 것 같았다.

다음 번 모퉁이에서 그는 여자를 떨쳐내고 달아났다. 이윽고 그는 밤이 되면 가장 불빛이 휘황찬란하게 빛나는 곳, 오페라의 연인들 가사 같은 사랑의 맹세의 속삭임이 난무하는 곳에서 멈추었다. 모피를 두른 여자들과 외투를 입은 남자들이 싸늘한 공기 속에서 즐겁게 움직이고 있었다.

소피는 갑자기 공포에 사로잡혔다. 어떤 무시무시한 마법이 그의 체포를 막고 있는 것 같았다. 그 생각에 약간 공황 상태에 빠진 그는 휘황찬란한 극장 앞에서 경찰관 한 명이 어슬렁거리는 모습을 보자 지푸라기라도 잡는 심정으로 '치안 질서 문란 행위'를 저질렀다.

소피는 보도 위에서 목청껏 주정뱅이처럼 횡설수설을 늘어놓기 시작했다. 그는 춤을 추고 악을 쓰면서 온갖 방법을 다 동원해 밤하늘을 어지럽혔다.

경찰관이 곤봉을 빙빙 돌리더니 소피로부터 등을 돌리고는 지나가는 시민에게 설명을 해주었다.

"예일 대학이 하트포드 대학에 영패를 안긴 걸 자축하고 있는 겁니다. 좀 시끄럽긴 해도 별 피해는 없어요. 그냥 내버려두라는 지시를 받았습니다."

낙담한 소피는 아무 소득도 없는 미친 짓을 그만두었다. 경찰들은 아예 그에게 손을 대지 않기로 작정한 것일까? 섬은 마치 도달하기 불가능한 이상향인 듯 여겨졌다. 그는 차가운 바람에 코트 깃을 여미었다.

담배 가게 안에서 잘 차려입은 남자가 흔들리는 불에 담뱃불을 붙이는 모습이 보였다. 그의 실크 우산이 입구 옆에 놓여 있었다. 소피는 안으로 들어가 우산을 집어 들고 여유 있게 걸어 나왔다. 시가에 불을 붙이던 남자가 황급히 따라 나왔다.

"내 우산이야!" 사내가 험악한 표정으로 말했다.

"아, 그러신가?" 소피가 빈정거리면서 좀도둑질에 모욕죄를 추가했다. "어디, 경찰을 불러 보시지. 내가 이렇게 훔쳤잖아! 네 놈 우산을 말이다! 왜 경찰을 부르지 않는 거야! 저기 모퉁이에 있잖아!"

우산 주인이 발걸음을 늦췄다. 소피는 어쩐지 이번에도 행운이 자기편이 아닌 것 같다고 어렴풋이 느끼며 함께 발걸음을 늦추었다. 경찰은 두 명을 호기심 어린 눈으로 바라보고 있었다.

"아, 네." 우산 주인이 말했다. "그러니까…… 어떻게 해서 이런 실수가 벌어지는지 잘 아시겠지만……. 당신 우산이라면 용서해주시길……. 오늘 아침 어느 음식점에서 주운 건데…… 당신 우산이 분명하다면…… 그냥…… 좀……."

"물론 내 우산이지!" 소피는 심술궂게 말했다.

우산의 전 주인이 물러났다. 경찰관은 오페라 관람용 망토를 두른, 금발의 키 큰 숙녀 한 명이 길을 건너는 것을 도와주려고 황급히 자리를 떴다. 두 블록 떨어진 곳에서 전차가 다가오고 있었던 것이다.

소피는 보수 공사로 어수선한 길을 따라 동쪽으로 걸어갔다. 그는 화가 나서 우산을 파헤쳐 놓은 구덩이에 집어 던졌다. 그는 헬멧을 쓰고 곤봉을 든 사나이들을 향해 뭐라고 투덜거렸다. 그들에게 그토록 붙잡히고 싶어 하니까 오히려 그를 무슨 나쁜 짓을 해도 괜찮은 왕으로 여기는 것 같았다.

이윽고 소피는 번쩍임과 소음이 희미하게 멀어진 동쪽 어느 길로 들어섰다. 그는 매디슨스퀘어 쪽으로 방향을 잡았다. 비록 공원 벤치일지언정 귀소 본능이 작동했던 것이다.

그러나 이상하리만치 조용한 어느 길모퉁이에서 소피는 걸음을 멈추었다. 그곳에는 박공을 한 별스러운 낡은 교회가 있었다. 보랏빛 창문을 통해 부드러운 불빛이 새어 나오고 있었고 안에서는 오르간 연주 소리가 났다. 다음 안식일에 연주할 찬송가를 연습하느라 반주자가 여유 있게 건반을 두드리고 있는 것이 분명했다. 소피의 귀에 달콤한 음악이 넘실거리듯 들려왔고 그는 그 소리에 홀려 철제 난간에 못 박힌 듯 꼼짝 않고

서 있었다.

　달이 그의 머리 위에서 경건한 빛을 발하고 있었다. 지나는 자동차와 행인도 거의 없었다. 참새들이 졸린 듯 처마 안에서 짹짹거렸다. 잠시 동안이었지만 마치 시골 교회 뜰에 서 있는 것 같은 기분이 들었다. 오르간 연주자의 찬송가가 소피를 철제 난간에 딱 붙여 놓았다. 그가 알고 있던 노래였던 것이다. 그의 삶이 어머니와 장미꽃과 야망, 친구와 순결한 생각들 및 깨끗한 옷들과 함께 하던 시절 그가 자주 듣던 찬송가, 그에게 너무 익숙한 찬송가였던 것이다.

　예민해질 대로 예민해진 소피의 정신 상태와 낡은 교회의 영향력이 결합해서 소피의 영혼에 갑자기 놀라운 변화가 일어났다. 그는 그가 굴러 떨어진 나락의 구덩이, 타락한 나날들, 헛된 욕망들, 이미 사라져버린 희망들, 망가진 재능들, 그를 지금의 모습으로 만들어버린 천박한 동기들을 되돌아보며 두려움에 사로잡혔다.

　그와 동시에 그의 마음이 이 새로운 정조(情調)에 떨리며 반응했다. 그는 절망적인 운명과 싸우겠다는 강한 충동에 휩싸였다. 이 진창에서 빠져나가리라! 다시 사람다운 사람이 되리라! 자신을 사로잡고 있는 죄악을 극복해내리라! 시간은 충분했다. 그는 아직 비교적 젊었던 것이다. 예전에 지녔던 불타는 야망을 되살리고 실현을 위해 주저 없이 정진하리라! 저 경건하고 달콤한 오르간 소리가 그의 마음속에 혁명을 불러일으킨 것이다. 내일 시끄러운 다운타운으로 가서 일자리를 구하리라. 어느 모피 수입상이 그에게 운전기사 자리를 제안한 적도 있었다. 내일 그를 찾아가서 일자리를 부탁하리라. 이제 이 세상에서 버젓한 사람이 되는 것이다. 이제…….

그때였다. 소피는 누군가 자기 팔을 잡는 것을 느꼈다. 고개를 돌려보니 경찰관의 넓적한 얼굴이 코앞에 있었다.

"여기서 뭐 하고 있는 거야?" 경찰관이 물었다.

"아무것도 안 하는데요." 소피가 대답했다.

"그렇다면 따라 와." 경찰이 말했다.

"섬에서 금고(禁錮) 세 달!" 다음 날 아침 즉결 재판소에서 치안판사가 그에게 선고했다.

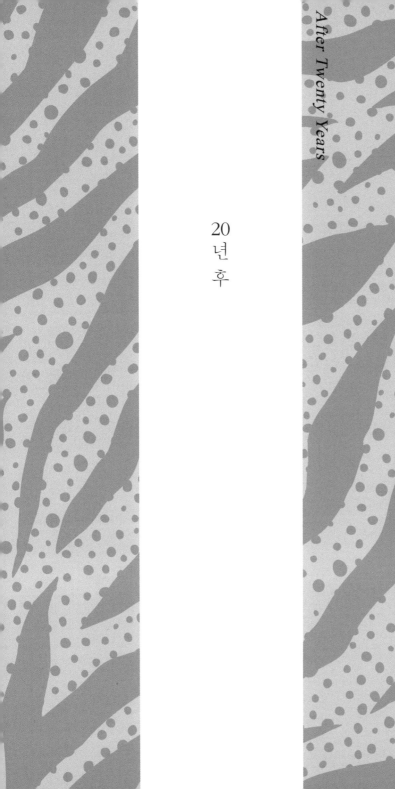

20
년
후

20년 후

순찰 중인 경관이 위풍당당하게 거리를 걸어가고 있었다. 거리에 사람들이 거의 없었으니 남에게 보여주기 위해서가 아니라 습관임이 분명했다. 아직 채 밤 10시가 되지 않은 시각이었지만 비를 머금은 차가운 돌풍이 불고 있어 거리에는 사람들 발길이 거의 끊겨 있었다.

건장한 체격의 경관은 뽐내는 모습으로 걸어가면서 문단속을 살펴보기도 하고 곤봉을 아주 복잡하게, 하지만 멋지게 휘두르면서 평화로운 거리를 주의 깊게 살펴보는 것이 영락없는 평화의 수호자 모습이었다. 이 근방은 일찍 문들을 닫는 지역이었다. 가끔 담배 가게나 밤샘 영업을 하는 식당의 모습이 눈에 띄었지만 이 상업 지구의 대부분은 이미 닫혀 있었다.

어느 블록의 중간쯤에 이르자 경관은 갑자기 걸음을 늦추었다. 어둠에 잠긴 어느 철물점 문 앞에 한 사나이가 불을 붙이지 않은 시가를 물고 서 있었다. 경관이 그에게 다가가자 그가 빠르게 말했다.

"아무 일 없습니다, 경관님." 그가 안심하라는 듯 말했다. "친구를 기다리고 있는 중입니다. 20년 전에 한 약속이지요. 좀 이상하게 들리시지요? 좋습니다. 경관님께서 자세히 알고 싶으시다면 설명해 드리지요. 옛날에는 철물점이 있는 지금 이 자리에 식당이 있었습니다. '빅 조 브래디 식당'이었지요."

그러자 경관이 말했다.

"5년 전까지도 있었습니다. 그때 헐려버렸지요."

문 앞의 사나이가 성냥을 긋더니 담배에 불을 붙였다. 불빛에 사내의 얼굴이 드러났다. 창백한 안색이었으며 날카로운 눈매에 각진 얼굴이었고 오른쪽 눈썹 밑에 작은 상처가 있었다. 그리고 커다란 다이아몬드가 기묘하게 박힌 넥타이핀을 하고 있었다.

"20년 전 오늘 밤," 사내가 말을 이었다. "이곳에 있던 '빅 조 브래디 식당'에서 제 절친한 친구인 지미 웰스와 저녁을 들었습니다. 세상에서 가장 멋진 녀석이었지요. 우리는 이곳에서 친

형제처럼 지냈습니다. 저는 열여덟 살이었고 지미는 스무 살이었지요. 다음 날이면 저는 행운을 잡으려고 서부로 떠날 작정이었습니다. 하지만 그 누구도 지미를 이곳 뉴욕에서 끌어낼 수는 없었습니다. 세상에 이만한 곳은 없다고 생각하고 있었으니까요. 그래서 그날 밤 우리는 약속했습니다. 20년 후 같은 장소, 같은 시각에 만나기로 한 겁니다. 사정이 어떠하건, 제아무리 멀리 떨어져 있건 말입니다. 20년 뒤면 각자 운명을 개척하고 어떤 식으로건 재산도 모으리라고 생각한 거지요."

"아주 재미있는 이야기로군요." 경관이 말했다. "그런데 내가 보기엔 약속 기간이 너무 긴 것 같군요. 그래, 그 뒤로 그 친구 소식은 들었습니까?"

"그럼요, 당분간 편지를 주고받았지요. 하지만 한두 해가 지나자 소식이 끊겼습니다. 아시다시피 서부는 워낙 광활한 데다 제가 좀 정신없이 이곳저곳 헤집고 다녔어야 말이지요. 하지만 짐이 살아 있는 한 이곳에서 만날 수 있다는 걸 잘 알고 있습니다. 세상에 그 친구처럼 진실하고 철두철미한 사람도 없으니까요. 절대로 잊지 않았을 겁니다. 저도 약속을 지키려고 1,600킬로미터나 달려왔습니다. 옛 친구가 나타나기만 한다면 충분히 그럴 만한 가치가 있는 일이지요."

그 사내가 뚜껑에 자잘한 다이아몬드가 박힌 멋진 회중시계를 꺼냈다.

"10시 3분 전이군요." 그가 시계를 보며 말했다. "우리는 이곳에 있던 식당에서 정각 10시에 헤어졌습니다."

"그래, 서부에서는 재미 좀 보셨습니까?" 경관이 물었다.

"물론이지요. 지미가 저의 반만이라도 되었으면 좋으련만! 좋은 놈이긴 하지만 그저 성실하게 뚜벅뚜벅 걷는 친구거든요. 저는 성공을 거두기 위해 정말 약삭빠른 놈들과 겨뤄야만 했습니다. 뉴욕에서야 그저 판에 박힌 생활을 하게 되어 있지요. 하지만 서부에서는 칼날 위를 걷는 것 같았습니다."

경관은 곤봉을 빙빙 돌리면서 발걸음을 한두 발자국 옮겼다.

"이제 가봐야겠습니다. 당신 친구가 제시간에 와줬으면 좋겠군요. 그런데 정각까지만 기다리실 작정인가요?"

"무슨 말씀을!" 사내가 정색을 하고 말했다. "그 친구에게 최소한 30분은 더 여유를 줘야지요. 지미가 이 세상 어디엔가 살아 있다면 그때까지는 나타날 겁니다. 자, 안녕히 가십시오."

"좋은 시간 보내십시오." 경관은 전처럼 문단속을 살피며 순찰을 계속했다.

이제 차갑고 가느다란 보슬비가 내리기 시작했고 이따금 불어오던 바람도 줄기차게 계속 불기 시작했다. 드물게 지나가는 행인들은 코트 깃을 세우고 손을 주머니에 찌른 채 말없이 발걸음을 재촉했다. 그리고 젊은 시절 친구와의 터무니없다고 할 정도로 불확실한 약속을 지키기 위해 2,000킬로미터 가까이 달려온 철물점 앞의 사내는 시가를 피우며 기다리고 있었다.

그가 20분 정도 기다렸을 때 긴 오버코트를 입은 큰 키의 사내가 코트 깃을 귀밑까지 세우고 황급히 길을 건너오는 것이 보였다. 그는 곧바로 철물점 앞의 사내에게 다가갔다.

"밥, 자네인가?" 그가 미심쩍은 목소리로 물었다.

"그렇다면, 자네는 지미 웰스?" 문 앞의 사내가 외쳤다.

"오, 맙소사!" 새로 도착한 친구가 상대방의 두 손을 움켜잡으며 외쳤다. "정말 밥이로군. 자네가 살아 있기만 하다면 여기서 다시 만날 것이라고 확신했지. 그래, 정말이야! 20년은 정말 길어! 옛날 식당은 자취도 없어졌지. 그대로 있었다면 자네와 다시 식사를 할 수도 있었을 것을. 그래, 이 친구야, 서부는 어땠어?"

"대단했지! 내가 원하는 건 다 이루게 해줬다네. 그런데 지미, 자네 많이 변했군. 생각보다 3, 4센티미터는 더 커 보여."

"스무 살 이후로도 조금 더 키가 자랐어."

"그래, 뉴욕에서 잘 지내고 있나, 지미?"

"그저 그렇지 뭐. 시청에서 일을 하고 있어. 자, 가세. 내가 잘 아는 곳으로 가서 지난 일들 이야기를 길게 나눔세."

두 사내는 팔짱을 끼고 걷기 시작했다. 서부에서 온 사나이는 성공했다는 자부심에 한껏 부풀어 올라 자기가 해온 일을 대충 설명해주기 시작했다. 다른 사나이는 오버코트에 얼굴을 묻은 채 흥미롭게 이야기에 귀를 기울였다.

거리 모퉁이에 불이 훤하게 밝혀진 약국이 있었다. 눈부신 불빛 속으로 들어오자마자 두 사내는 고개를 돌려 동시에 상대편의 얼굴을 바라보았다.

서부에서 온 사내가 갑자기 멈춰서더니 팔짱을 풀었다.

"당신은 지미 웰스가 아니야." 그가 날카롭게 쏘아붙였다. "20년은 긴 세월이지만 한 남자의 매부리코를 뭉개 버릴 정도는 아니지."

"하지만 때로는 선한 사람을 나쁜 사람으로 만들 정도는 되지." 키 큰 사내가 말했다. "당신은 10분 전에 이미 체포된 거요. '실키 밥.' 시카고 경찰서에서 당신이 이곳에 올지 모른다고 전보를 보냈지. 당신과 나눌 말이 있다더군. 자, 얌전히 따라올 거지? 그러는 게 좋을 거야. 잠깐, 경찰서로 가기 전에…… 자네에게 전해달라는 쪽지가 있는데……. 자, 여기 있어. 여기 창문 가까이서 읽어보시지. 순찰 경관 웰스가 전해준 거야."

서부에서 온 사나이는 건네받은 작은 쪽지를 펼쳤다. 처음에는 흔들리지 않던 그의 손이 쪽지를 다 읽었을 때는 부들부들 떨리고 있었다.

쪽지의 내용은 아주 간단했다.

밥에게,

나는 제 시간에 약속 장소에 갔었네. 자네가 담뱃불을 붙이려고 성냥을 켰을 때 시카고 경찰서에서 수배 중인 남자의 얼굴이 보이더군. 내 손으로 자네를 체포할 수는 없어서 돌아가 사복 경찰에게 부탁한 거라네.

지미

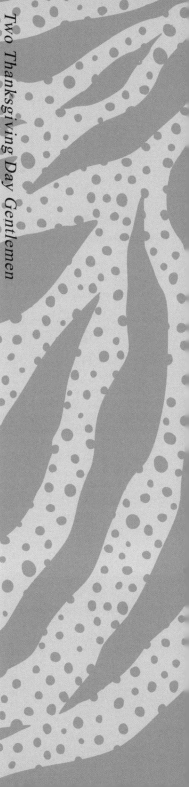

Two Thanksgiving Day Gentlemen

추수 감사절의 두 신사

추수 감사절의 두 신사

우리들의 날이라고 부를 만한 날이 하루 있다. 홀몸으로 자수성가한 사람을 제외한 모든 미국인들이 고향으로 돌아가 소다 비스킷을 먹고, 낡은 펌프가 이렇게 현관 가까이 있는 줄은 예전에는 정말 몰랐다며 놀라는 그런 날이 하루 있다. 그날을 축복할지어다. 그날은 루스벨트 대통령이 우리에게 마련해준 날이다.

우리는 청교도들에 대한 이런저런 이야기를 듣는다. 하지만 그들이 누구인지는 기억하지 못한다. 어쨌든 그들이 다시 이 땅에 상륙하려 한다면 우리가 때려서 내쫓을 것이라는 쪽에 내기를 걸어도 좋다. 플리머스록(청교도들이 상륙한 해안의 바위 - 옮긴이 주)이라고? 그래, 그게 더 친근하게 들린다. 칠면조 트러스트가 작동한 이래로 우리 대부분은 닭으로 만족해야 하는 처지가 되었으니까(플리머스록은 닭의 한 종류이기도 하다 - 옮긴이 주). 그런데 워싱턴 정가의 누군가가 추수 감사절 날짜 선포에 대한 사전 정보를 그들에게 유출시키고 있다.

크랜베리 재배 지역 동쪽의 대도시 뉴욕에서는 추수 감사절을 제도화했다. 11월 마지막 목요일은 일 년 중 단 하루 선착장 건너의 미국을 뉴욕이 인식하는 날이다. 그날은 단 하루 순수하게 미국적인 날이다. 그렇다, 그날은 오로지 미국만의 축일이다.

이제부터 여러분들에게 들려주는 이야기는 대서양 이쪽의 우리에게도 영국의 전통보다 더 빨리 자리를 잡아 가는 유구한 전통이 있음을 증명해줄 것이다. 모두 우리 미국인들의 열의와 진취성 덕분에 가능해진 일이다.

우리가 유니언스퀘어 동쪽 입구로 들어가면 오른쪽에 보이는 벤치들 중 세 번째 벤치에 스터피 피트가 앉아 있다. 분수대와 마주 보고 있는 산책로에 있는 벤치이다. 지난 9년 동안 매년 추수 감사절이면 그는 정확히 오후 1시에 그곳에 자리를 잡아 왔다. 그가 매년 그렇게 한 것은 매번 무슨 일인가가 일어났기 때문이다. 찰스 디킨스의 소설에나 나옴직한 일로써, 그가 입은 조끼의 가슴 쪽뿐 아니라 반대편 등 쪽까지 부풀어 오르게 만드는 일이었다.

하지만 오늘 스터피 피트가 그 연례 행사장에 나타난 것은 드문드문 가난한 자들을 괴롭히는 허기 때문이라기보다는—자선 사업가들은 대개 허기가 그렇게 가끔 심심치 않게 그들에게 찾아온다고 생각한다—그냥 습관 때문인 것 같았다.

분명히 피트는 배가 고프지 않았다. 방금 진수성찬을 지나칠 정도로 포식하고 온 뒤라서 간신히 숨을 내쉬고 겨우 몸을 움직일 수 있을 정도로 기진해 있었다. 그의 두 눈은 마치 고깃국물이 배어 부풀어 오른 가면에 시들시들한 구즈베리 열매를 박아놓은 것 같았다. 그는 씨근대며 가쁜 숨을 몰아쉬고 있었다. 상원 의원처럼 지방질 덩어리인 몸집은 위로 접어 올린 코트 깃과 한 세트로 어울리는 것을 거부하는 것 같았다. 일주일 전 친절한 구세군의 손길이 그의 옷에 달아준 단추들이 팝콘처럼 탁탁 튀어 올라 땅에 흩어졌다. 셔츠 앞자락이 벌어져 명치 끝이 훤히 드러날 정도로 누더기 차림이었다. 하지만 고운 눈송이를 휘날리는 11월의 미풍이 고마울 정도로 시원했다. 스터피 피트는 굴로 시작해서(솔직히 그것만으로도 충분했다) 칠면조 통구이, 구운 감자, 치킨 샐러드와 호박파이, 온갖 아이스크림 등을 거쳐 건포도 푸딩으로 끝나는, 초호화판의 식사를 한 탓에 열

량 과잉 상태에 처해 있었던 것이다. 그는 그렇게 포만 상태에서 식사를 마친 후, 경멸적인 시선으로 이 세상을 응시하며 벤치에 앉아 있었다.

전혀 예기치 않던 저녁 식사였다. 그는 5번가 초입에 있는 어느 붉은 벽돌 저택 앞을 지나고 있었다. 그 집에는 전통을 존중하는 유서 깊은 가문의 두 노부인이 살고 있었다. 그녀들은 뉴욕의 존재 자체를 부정했으며 추수 감사절은 오로지 워싱턴 스퀘어를 위해서 선포된 것이라고 믿었다. 그녀들이 지켜온 전통 가운데 하나로 이런 것이 있었다. 하인 한 사람을 뒷문에 세워놓는다. 정오가 지난 뒤에 맨 처음으로 지나가는 굶주린 사람을 안으로 불러들여 풀코스로 정찬을 대접한다. 스터피 피트는 공원으로 가는 길에 우연히 그 집 앞을 지나게 되었고 집사들이 그를 안으로 끌어들여 그 성의 관습을 지키게 만든 것이다.

10분간 앞쪽만 응시하고 있던 스터피 피트에게, 다른 쪽도 바라봐야겠다는 생각이 슬그머니 들었다. 그는 각고의 노력 끝에 겨우 고개를 왼쪽으로 돌릴 수 있었다. 순간 두 눈이 공포에 질려 툭 튀어나올 것 같았으며 숨이 막히는 것 같았고 짧은 다리 끝에 신겨 있는 낡은 징 박은 구두가 덜덜 떨리면서 자갈 위에서 달각달각 소리를 냈다. 노신사가 4번가를 가로질러 그가 앉아 있는 벤치 쪽으로 걸어오고 있었던 것이다.

　9년 동안 매해 추수 감사절이 되면 노신사는 그 벤치로 찾아와 스터피 피트를 만났다. 노신사가 새롭게 전통으로 삼으려고 애쓰고 있는 일이었다. 9년 동안 추수 감사절이면, 노인은 그곳에서 스터피를 만나서 그를 식당으로 데려간 다음 그가 성대한 만찬을 드는 모습을 지켜보았다. 영국에서는 그런 일이 별로 의식하지 않은 채 자연스럽게 행해진다. 하지만 미국은 젊은 나라이고 그 연륜에 비해 9년이라는 기간은 결코 짧은 기간이 아니다. 노신사는 철두철미한 애국자였고 스스로를 미국 전통의 개척자라고 여겼다. 그 어떤 것이건 그럴듯한 멋진 전통으로 만들려면 한 가지 일을 절대로 소홀히 하지 않고 오랫동안 지속적으로 행해야 한다. 산업 보험에서 매주 10센트씩 거둬들이는 것이나 거리를 청소하는 것과 마찬가지로 말이다.

　노신사는 자신이 확립하고자 하는 관습을 향해 곧바로 당당하게 걸어왔다. 사실 스터피 피트 같은 사람에게 음식을 먹이는 일은 영국의 대헌장이나 아침 식사에 곁들이는 잼처럼 거국적인 성격을 띠고 있는 것이 아니었다. 하지만 그것은 첫 발자국이었다. 그것은 거의 봉건적이었다. 최소한 그것은 뉴욕인들, 아니 미국인들에게 전통을 세우는 것이 불가능하지 않다는 것을 보여주는 행위였다.

노신사는 60대의 키 크고 호리호리한 사람이었다. 온통 검은 옷을 입고 있었으며 자꾸 흘러내리는 구식 안경을 코에 걸치고 있었다. 작년보다 백발이 늘었고 머리숱은 옅어졌다. 그리고 손잡이가 굽고 마디가 불거진 커다란 지팡이에 더 많이 의지하는 것 같았다.

고정 후원자가 다가오자 스터피는 마치 여주인과 함께 가던 애완견이 길에서 털을 곤두세우고 으르렁거리는 유기견을 만났을 때처럼 몸을 부르르 떨었다. 그는 도망가고 싶었다. 하지만 저 유명한 비행기 조종사인 산투스 두몽이 제아무리 재주를 부리더라도 그를 벤치에서 떼어낼 수는 없었을 것이다. 두 노부인들의 하인이 자신의 임무를 너무나 착실하게 수행한 탓이었다.

"안녕하시오." 노신사가 말했다. "해가 바뀌었는데도 변치 않은 건강한 모습으로 이 아름다운 세상을 살아가는 모습을 보니 더없이 반갑소. 그 한 가지만으로도 추수 감사절을 선포한 것은 우리 모두에게 정말 잘한 일이었소. 자, 함께 갑시다. 당신의 육체가 당신의 정신에 어울리게 만들어줄 수 있는 저녁을 대접하겠소."

노신사는 9년 동안 추수 감사절마다 매번 그렇게 말했다. 그 말 자체가 거의 관습과 제도를 형성한 것 같았다. 독립 선언서를 제외하면 그에 비견할 만한 것은 없었다. 이제까지는 그의 그 말이 스터피의 귀에는 음악처럼 들렸다. 그러나 그는 눈물 겨운 고통을 느끼며 노신사를 바라보았다. 고운 눈송이가 땀이 흐르는 그의 이마에 내려앉아 거의 지글지글 끓어오르는 것 같았다. 하지만 노신사는 몸을 약간 떨더니 바람을 등지고 돌아섰다.

스터피는 왜 노신사의 어조에 늘 슬픔이 배어 있는지 궁금했다. 스터피는 노신사가 이 일을 이어나갈 아들이 있었으면 좋겠다는 생각을 매번 하고 있다는 것을 알지 못했다. 그가 이 세상을 떠난 후에 스터피와 비슷한 사람 앞에 자랑스럽게 서서 "아버지를 기리기 위해서입니다"라고 말할 수 있는 그런 아들. 그렇게 되면 이 일은 관습이 될 것이다.

하지만 노신사는 친척조차 없었다. 그는 공원 동쪽의 조용한 거리에 있는 퇴락한 갈색 석조 건물에 방 몇 개를 세내어 살고 있었다. 겨울이면 그는 얇은 여행용 가방 크기의 작은 온실에서 푸셔 꽃을 키웠다. 봄이면 부활절 가두 행진에 참가했으며 여름이면 뉴저지 언덕에 있는 농장에서 지냈다. 그는 등의자에 앉아 언젠가는 발견했으면 하는 귀한 나비종 이야기를 하곤 했다. 그리고 가을이면 스터피에게 저녁을 대접했다. 그런 것들이 바로 노신사의 업무였다.

스터피는 땀을 뻘뻘 흘리며 노신사를 30초가량 올려다보고 있었다. 그는 자기 연민에 빠진 채 속수무책이었다. 노신사의 눈은 자선을 베푼다는 기쁨으로 반짝이고 있었다. 그의 얼굴에는 해마다 주름살이 늘었지만 검은 나비넥타이는 여전히 멋이 있었고 하얀 와이셔츠는 산뜻했으며 잿빛 콧수염은 양끝이 우아하게 말려 있었다. 그때 스터피에게서 냄비 속에서 완두콩이 끓는 것 같은 소리가 났다. 무언가 의사 표시를 한 것이었다. 노신사는 전에도 아홉 번이나 그 소리를 들었다. 그는 그 소리를 공식적인 수락의 뜻으로 받아들였다.

'감사합니다, 어르신. 감사히 따라가겠습니다. 지금 몹시 배가 고픕니다'라는…….

스터피는 포식으로 거의 혼수상태에 빠질 지경이었지만 자신이 그 어떤 관습의 초석이 되고 있다는 생각이 머리에서 떠나지 않았다. 추수 감사절 날의 그의 식욕은 그만의 것이 아니었다. 그의 식욕은 비록 법에 의해서는 아니더라도 모든 기존 관습이 지니고 있는 권리에 의해서, 그 관습의 선점자인 노신사에게 속해 있었다. 미국이 자유로운 나라인 것은 사실이다. 하지만 전통을 세우기 위해서는 누군가 끝없이 반복되는 순환 소수가 되어야 한다. 영웅들이 모두 강철과 황금 무기를 지닌 것은 아니다. 여기 오직 은이나 주석 도금이 된 보잘것없는 무기를 휘두르는 사람이 있었으니…….

노신사는 자신의 연례적 피보호자를 데리고 남쪽에 있는 식당으로 가서, 매번 연회를 벌이던 자리에 함께 앉았다. 사람들이 그들을 알아보았다.

"저 영감님이 또 오시네." 웨이터가 말했다. "추수 감사절마다 저 똑같은 거지에게 밥을 사주서."

노신사는 그을린 진주처럼 반짝이는 식탁을 마주하고 장차 오랜 전통의 초석이 될 자리에 앉았다. 웨이터들이 식탁에 명절 음식을 잔뜩 차려놓았다. 스터피는 배가 고파서 그러는 것으로 오해를 받을 만한 한숨을 내쉬며 나이프와 포크를 들고 자발적으로 불멸의 월계관을 새기기 시작했다.

적들의 진지를 뚫고 그토록 용감하게 싸운 전사는 일찍이 없었다. 칠면조, 고깃덩어리, 수프, 야채, 파이 들이 식탁에 놓이기 무섭게 그의 앞에서 사라져갔다. 식당에 들어설 때 이미 목구멍까지 음식이 차올라서 음식 냄새만 맡아도 신사로서의 위신을 잃을 형편이었지만 그는 참다운 기사처럼 정신을 집중했다. 그는 자선을 베풀며 행복해하는 노신사의 얼굴을 바라보았다. 온실의 푸셔꽃이나 제아무리 진귀한 나비로도 안겨줄 수 없는 행복감에 젖은 얼굴이었다. 스터피는 그 행복감을 이지러지게 만들 만큼 무정한 사람이 아니었다.

한 시간 후 스터피는 전투에서 승리를 거두고 등을 기대어 앉았다.

"정말 감사합니다, 어르신." 그는 구멍 나서 김이 새는 증기 파이프처럼 말했다. "정말 맛있게 잘 먹었습니다. 감사합니다."

이어서 그는 어렵게 몸을 일으키더니 멍한 눈으로 주방을 향해 걸어갔다. 웨이터가 그를 팽이처럼 돌려세우더니 문 쪽을 가리켰다. 노신사는 은화로 1불 30센트를 조심스럽게 세어서 웨이터에게 건네주었고 15센트를 팁으로 남겼다.

매번 그랬듯이 그들은 문 앞에서 헤어졌고, 노신사는 남쪽으로 스터피는 북쪽으로 향했다.

스터피는 첫 번째 모퉁이를 돌더니 잠시 그대로 서 있었다. 곧이어 올빼미가 깃털을 부풀리듯이 그의 누더기 옷들이 부풀어 오르는 것 같더니 마치 일사병에 걸린 말처럼 보도에 쓰러졌다.

앰블런스가 왔을 때, 젊은 의사와 운전기사는 그의 몸무게에 대해 나지막하게 욕설을 퍼부었다. 술 냄새가 전혀 나지 않아서 경찰 순찰차에 태울 수는 없었기에 스터피와 두 끼의 만찬은 병원으로 갔다. 그들은 스터피를 침대에 눕히고 이 이상한 질병을 진찰했다. 그들은 마치 운으로 병명을 밝혀내려는 듯 기본적인 장비만으로 그를 진찰했다.

그런데, 맙소사! 한 시간 뒤에 또 다른 앰블런스에 노신사가 실려 왔다. 병원 사람들은 그를 다른 침대에 눕히고 맹장염인 것 같다고 떠들었다. 그가 치료비를 충분히 부담할 것처럼 보인 때문이었다.

그러나 얼마 뒤 젊은 의사 한 사람이 자기가 좋아할 만한 눈을 가진 간호사와 두 환자에 대해 이야기를 나누었다.

"저기 누워 있는 저 멋있는 노신사 말이야," 의사가 말했다. "믿지 못하겠지만 거의 아사(餓死) 상태야. 정말 자존심이 강한 사람 같아. 글쎄, 내게 말하길, 사흘 동안 아무것도 먹지 못했다는 거야."

The Making of a New Yorker

뉴욕인의 탄생

뉴욕인의 탄생

　그 무엇보다 래글스는 시인이었다. 사람들은 그를 뜨내기라고 불렀다. 하지만 그것은 그가 철학자요, 예술가이며 여행가이고 자연주의자이며 발견자라는 것을 에둘러 표현한 것일 뿐이다. 어쨌든 그는 그 무엇보다도 시인이었다. 그는 평생 단 한 줄의 시도 쓰지 않았다. 하지만 그는 그의 시를 살았다. 그의 행적을 『오디세이아』처럼 글로 쓴다면 5행 희극시가 되었을 것이다. 하지만 거듭 강조하거니와 래글스는 시인이었다.

　그가 만일 잉크와 종이를 갖고 씨름하는 일을 하게 되었더라면 도시에 대해 노래하는 소네트가 그의 전문 분야가 되었을 것이다. 그는 여인들이 거울에 비친 자기 모습을 연구하듯이, 어린아이들이 부서진 인형의 접착제와 톱밥을 연구하듯이,

야생 동물 연구자들이 동물원의 동물 우리를 연구하듯이 도시들을 연구했다. 래글스에게 도시는 단순히 일정 수의 사람들이 거주하는 벽돌과 회반죽 더미가 아니었다. 그에게 도시는 그만의 정신적 특질을 지닌 다른 도시들과 구별되는 존재였으며, 각자의 독특한 정수(精髓)와 기호(嗜好)와 감정을 지닌 개별 생명체였다.

래글스는 시적인 열정을 지니고 북에서 남으로, 동에서 서로 수천 킬로미터를 돌아다니며 도시들을 그의 가슴에 품었다. 그는 흐르는 세월을 아랑곳하지 않고 먼지 자욱한 길을 걷기도 했고 화물차에 몸을 싣고 당당하게 질주하기도 했다. 그러다가 도시의 심장을 발견하고 그 내밀한 고백에 귀를 기울인 다음에는 쉬지 않고 다른 도시로 흘러들었다. 변덕쟁이 래글스! 하지만 아마도 그는 그의 섬세한 상상력을 사로잡고 품어줄 도시를 만나지 못했는지도 모른다.

옛 시들을 통해 우리는 도시가 여성적이라는 것을 배웠다. 시인 래글스도 마찬가지였다. 또한 그는 그가 구애한 각각의 도시들을 전형적으로 상징해주는 모습에 대해 구체적이고도 명확한 개념을 지니고 있었다.

시카고를 생각하면 마치 파딩턴 부인이 깃털 장식을 한 채

향수 냄새를 풍기며 그에게 다가와, 장래를 기약하는 아름다운 노래를 날아갈 듯 부르며 그의 평온한 마음을 흔들어 놓는 것 같은 기분에 흠뻑 젖었다. 하지만 래글스는 오슬오슬한 한기에 잠에서 깨어나, 자신의 이상이 감자 샐러드와 생선 요리가 풍기는 울적한 분위기 속에서 가물가물 사라져가는 느낌에 사로잡히곤 했다.

시카고가 그에게 준 인상은 그러했다. 아마도 방금 전의 묘사가 모호하거나 부정확했는지도 모르겠다. 하지만 그것은 나의 잘못이 아니라 래글스의 잘못이다. 그는 자신의 느낌을 시 잡지에 발표해 남겨두었어야만 했다.

피츠버그를 생각하면 독스타더 극단(미국 코미디언이자 가수인 루 독스타더가 조직한 극단-옮긴이 주)이 어느 역에서 러시아어로 공연했던 「오셀로」가 떠올랐다. 피츠버그는 가정적이고 다정하면서도 기품이 있고 너그러운 귀부인이었다. 그녀는 실크 드레스를 입고 하얀 가죽 슬리퍼를 신은 채 밝은 얼굴로 설거지를 하면서 래글스에게 활활 타오르는 불가에 앉아 족발과 감자튀김을 안주 삼아 샴페인을 마시라고 권한다.

뉴올리언스는 발코니에서 그를 내려다보고만 있다. 생각에 잠긴 그녀의 반짝이는 눈과 가볍게 팔락이는 부채를 볼 수 있지만 그것이 전부였다. 그는 그녀와 딱 한 번 눈길을 마주친 적이 있었다. 어느 날 동틀 무렵 그녀가 양동이의 물로 인도의 붉은 벽돌을 씻어내고 있을 때였다. 그녀는 웃으며 가볍게 노래를 흥얼거리고 있었고, 래글스의 신발은 얼음처럼 차가운 물에 흠뻑 젖어버렸다. 안녕, 뉴올리언스여! 나, 이제 가노라!

보스턴은 시인 래글스에게 변덕스럽고 기발한 방법으로 제 모습을 드러냈다. 마치 차가운 차를 마신 것 같은 기분이었으며, 도시 전체가 그의 이마에 두른 차가운 띠가 되어, 뭘 위해서인지는 모르겠지만 아무튼 정신 똑바로 차리고 엄청난 노력을 계속하라고 조이고 있는 것 같았다. 결국 그는 살기 위해서 삽을 들고 거리의 눈을 치울 수밖에 없었고 축축해진 그 천 조각은 매듭을 더욱 단단하게 조여와 결코 벗어던질 수 없었다.

이 무슨 애매하고 알아먹지도 못할 이야기냐고 할지도 모르겠다. 하지만 반감을 누그러뜨리고 오히려 감사하라. 이 모든 것은 시인의 환상이니, 그 환상을 시로 읽는 것이라고 생각하라!

어느 날 래글스는 맨해튼이라는 거대한 도시로 가서 그 심장부를 집중 포위 공략했다. 그녀는 정말 거대했다. 그는 그녀가 어떤 음색을 지니고 있는지 알고 싶었다. 그녀를 맛보고 평가하고 분류하고 해명한 다음 라벨을 붙여, 각각의 내밀한 개

성을 그에게 드러내 보여준 다른 도시들과 나란히 배열해 놓고
싶었다. 자, 이제 이쯤에서 우리는 래글스의 통역자(通譯者) 역할
일랑 그만두고 그에 대한 연대기를 쓰기로 하자.

래글스는 어느 날 아침 연락선에서 내린 뒤 범세계주의자다
운 심드렁한 태도로 도시 한복판을 향해 걷고 있었다. 그는 '정
체불명의 사나이' 역할을 충실히 수행하기 위해 신중하게 옷을
차려입었다. 이 세상 어느 나라, 종족, 계급, 도당, 조합, 당파 혹
은 볼링 협회라 할지라도 그를 자기네 사람이라고 주장할 수
없을 것 같은 모습이었다. 키는 다르지만 가슴둘레는 같은 여
러 시민들로부터 하나씩 따로 기증받은 그의 옷은, 유명 재단
사가 덤으로 얹어준 가방과 멜빵, 비단 손수건, 진주 커프스단
추들과 함께 열차편으로 보내온 맞춤복만큼이나 그의 체형에
잘 맞았다. 돈은 없었지만(시인이라면 의당 그래야 하는 법이다) 은하계
에서 새로운 별을 발견한 천문학자나, 만년필에서 잉크가 샘솟
는 것을 발견한 사람이 지닐 법한 열정을 지니고 래글스는 이
거대한 도시로 어슬렁거리며 들어섰다.

그날 늦은 오후, 포효하는 듯한 고함 소리와 혼잡한 소란 한
가운데서 빠져나온 그의 얼굴에는 공포의 빛이 역력했다. 그
는 패배했고 어리둥절했으며 좌절했고 겁에 질렸다. 다른 도시

들은 그에게 읽기 쉬운 긴 입문서였으며 마음을 헤아리기 쉬운 시골 처녀였고, '해답과 함께 구독료를 보내주세요'라는 광고 문구의 수수께끼처럼 누워서 떡 먹기처럼 풀기 쉬운 문제였으며 삼키기 좋은 굴 칵테일 같았다. 하지만 이곳은 차갑고 눈부시게 번쩍거리며 말이 없는 비현실적인 도시였다. 그것은 마치 리본 판매대에서 일하고 있는 사랑에 빠진 사내가 급료로 받은 주머니의 돈을 만지작거리며 바라보고 있는 보석상 진열대의 4캐럿짜리 다이아몬드 같았다.

다른 도시는 그를 그런 식으로 맞이하지 않았다. 소박한 친절, 비록 거칠지만 온통 인간미가 넘치는 애정, 정겨운 욕설, 시끌벅적한 호기심, 쉽사리 어림할 수 없는 신뢰나 무관심 등등이 그를 맞는 방식이었다. 그런데 맨해튼이라는 도시는 그 어떤 실마리도 주지 않았다. 맨해튼은 그에게 벽을 둘러치고 있었다. 마치 조금도 접근을 허용하지 않는 강물처럼 이 도시는 그를 지나쳐 거리로 흘러갔다. 아무도 그에게 눈길을 주지 않았고 아무도 그에게 말을 걸지 않았다. 그의 마음은 그의 어깨를 두드리던 피츠버그의 검댕이 묻은 손길이 한없이 그리웠다. 그의 귀를 울려대던 시카고의 위협적이면서도 친근한 고함 소리도 그리웠다. 외알 안경 너머로 그를 빤히 쳐다보던 보스턴의 창백하면서도 자애감이 넘치는 시선과 심지어 루이스빌이나 세인트루이스의 느닷없는, 하지만 결코 악의라곤 없는 발길질도 그리웠다.

많은 도시에서 성공을 거둔 구혼자 래글스가 브로드웨이에서는 완전히 촌뜨기가 되어 숫기 없는 모습으로 서 있었다. 그는 생전 처음으로 사람들로부터 무시당한다는 모멸감을 맛보았다. 그는 이 번쩍이고 빠르게 변하는 얼음처럼 차가운 도시를 어떤 식으로든 규정해보려고 애썼지만 도저히 성공할 수 없었다. 그는 시인이었지만 이 도시는 도무지 다른 것들과 비교해볼 만한 색채도, 특징도, 표면상의 흠집도, 모양과 구조를 살펴보기 위해 우선 잡아야 할 손잡이도, 그 어느 하나 그에게 제공하지 않았다. 다른 도시에서는 아주 익숙하게, 때로는 코웃음을 치면서 쉽게 했던 일이었건만……. 모든 집들은 방어용 총안(銃眼)을 뚫어놓은 끝없이 이어지는 성벽이었다. 사람들은 화려했지만 음침하게 이기심에 젖어 줄지어 지나가는 핏기 없는 유령들일 뿐이었다.

래글스의 영혼을 무겁게 짓누르고 있으며 그의 시인으로서의 환상을 가로막고 있는 것은 다름 아니라, 마치 페인트칠을 잔뜩 해놓은 장난감처럼 이기심에 흠뻑 젖은 것 같은 사람들의 모습이었다. 그가 바라보는 사람들은 모두 혐오스럽고 오만한 이기심에 젖어 있는 괴물처럼 보였다. 그들에게서 인간성은 사라졌다. 그들은 돌에 광택제를 바르고 아장아장 걸어 다니는 우상들이었다. 그들은 자기 자신만을 숭배했으며 그렇게 각인된 이미지를 주변 사람들이 숭배하기를 무의식적으로 갈망하고 있었다. 냉담하고 잔인한 데다 가차 없고 무감각하고 완전히 침투 불가능한 모습으로 빚어진 이들은 어떤 기적에 의해 움직이게 된 조각상처럼 분주하게 제 갈 길만 갔다. 그리고 영혼과 감정은 그 육중한 대리석 안에서 깨어나지 못한 채 누워 있었다.

래글스는 차츰차츰 그 어떤 유형들을 의식할 수 있게 되었다. 그중 하나는 눈처럼 하얀 수염을 달고, 주름살 하나 없는 불그레한 얼굴에 돌멩이처럼 강인한 푸른 눈을 가진 초로의 신사 유형이었다. 상류 계급 젊은이의 옷을 입은 그런 유형의 사람들은 도시의 부와 원숙미, 냉랭한 무관심의 화신 같았다.

다른 유형은 여성이었다. 키 크고 아름다우며 강철 조각처럼 윤곽이 뚜렷하고, 여신 같고 차분하며 옛날 공주 같은 옷을 입고 얼음에 반사된 햇빛처럼 쌀쌀한 푸른 눈을 한 여자들이었다.

또 다른 유형이 하나 더 있었다. 이 꼭두각시들이 살고 있는 도시의 부산물로서 딱 벌어진 몸매에 으스대며 걷는, 험상궂은 얼굴로 얌전한 이웃들을 위협하는 남자들이었다. 그들의 턱은 추수가 끝난 밀밭처럼 광활했으며 안색은 유아 세례를 받은 아기 같았고 손가락 마디는 전문 싸움꾼 같았다. 이런 유형들은 담뱃가게 간판에 몸을 기댄 채 오만불손한 태도로 세상을 바라본다.

시인은 민감한 동물이다. 래글스는 이 해독 불가능한 사람들에게 둘러싸인 이 냉혹한 환경에서 몸을 부들부들 떨었다. 이 도시의 쌀쌀맞고 수수께끼 같고, 빈정거리는 것 같고 판독 불가능하며 부자연스럽고 무자비한 표정에 그는 의기소침했고 당혹스러웠다. 이 도시에는 심장이 없단 말인가? 다른 천박하고 소란스럽고 거친 도시에서 흔히 볼 수 있는 장작더미, 뒷문을 열고 욕을 퍼붓는 가정주부의 잔뜩 찌푸린 얼굴, 무료 급식소에서 볼 수 있는 급식자의 다정한 심술, 시골 순경의 친절한 가혹 행위, 발길질과 체포와 될 대로 되라는 식의 행동들이 이 얼어붙은 무정함보다는 훨씬 나았다.

래글스는 용기를 그러모아 사람들에게 자선을 구했다. 그러나 그들은 그를 쳐다보지도 않고 지나갔다. 그의 존재를 의식하고 있다는 징표로 눈 한번 깜빡할 만도 했지만 그마저도 없었다. 그는 깨끗하지만 이 몰인정한 맨해튼이라는 도시에는 영혼이 없다고 생각했다. 이곳 주민들은 철사와 용수철로 움직이는 마네킹이었고 래글스는 자신만이 홀로 어느 광막한 황야에 던져진 것처럼 느껴졌다.

래글스는 길을 건너기 시작했다. 순간 뭔가 바람 부는 소리가 나는 것 같더니 고함 소리가 들렸고 이어서 끽 하는 소리와 충돌 소리가 들렸다. 무언가 그에게 부딪쳤고 그는 있던 자리에서 6미터 정도 날아갔다. 그가 로켓처럼 땅으로 낙하할 때 지구와 도시들 전체가 산산이 조각난 꿈으로 바뀌어 있었다.

래글스는 눈을 떴다. 먼저 어떤 향기를 맡을 수 있었다. 천국에서 이른 봄에 피는 꽃향기 같았다. 이어서 떨어지는 꽃잎처럼 부드러운 손이 그의 이마를 짚었다. 옛날 공주와 같은 옷을 입은 푸른 눈의 여자가 그에게 몸을 숙이고 있었다. 그녀의 눈은 인간적인 동정심으로 부드럽고 축축하게 젖어 있었다. 그의 머리 아래 보도에는 실크와 모피가 깔려 있었다. 래글스의 모자를 손에 들고 전보다 훨씬 붉어진 얼굴로 난폭 운전자를 웅변조로 야단치고 있는 사람은 이 도시의 부와 원숙미의 화신인 나이 지긋한 신사였다. 근처 카페에서 거대한 턱에 아기 같은 안색의 이 도시의 '부산물'이 진홍색 액체를 가득 들고 뛰어왔다.

"이봐, 이걸 좀 마셔보라고." 부산물이 글라스를 래글스의 입술에 대며 말했다.

일순간에 수백 명의 사람들이 주변에 모였다. 모두 근심이 가득한 얼굴이었다. 화려한 옷차림의 인상 좋아 보이는 두 명의 경관이 이 흘러넘치는 착한 사마리아인들을 헤집고 원 안으로 들어왔다. 검은 숄을 두른 노부인이 큰 소리로 장뇌를 써보라고 외쳤고 신문팔이 소년 한 명이 진흙투성이 보도에 놓여 있는 래글스의 팔꿈치 밑으로 신문지를 밀어 넣었다. 공책을 들고 있던 어떤 기운 찬 젊은이가 그의 이름을 물었다.

종소리가 무게 있게 울리더니 앰뷸런스가 나타나서 구경꾼들을 헤집고 들어왔다. 침착한 외과 의사가 사건 한복판으로 끼어들었다.

"이봐요, 기분이 어때요?" 의사가 능숙하게 과업을 수행하면서 물었다. 실크와 새틴으로 감싼 공주가 래글스의 이마에 흐른 두어 방울의 피를 향긋한 레이스로 닦아냈다.

"저요?" 래글스가 천사 같은 미소를 지으며 말했다. "아주 좋습니다."

그는 이 새로운 도시의 심장을 발견한 것이다.

사흘 후 그는 병실로부터 회복실로 옮겨졌다. 그가 회복실로 옮긴 지 한 시간 후에 간호사들에게서 싸움 소리가 들려왔다. 사정을 알아보니 래글스가 동료 회복기 환자를 폭행해서 상처를 입힌 것이었다. 화물 열차 충돌 사고로 경상을 입고 붕대를 감기 위해 잠시 입원한 험상궂은 남자였다.

"도대체 무슨 일이에요? 수간호사가 물었다.

"저놈이 우리 도시를 깎아내렸단 말이에요."

"우리 도시라니요?"

"뉴욕 말입니다." 래글스가 대답했다.

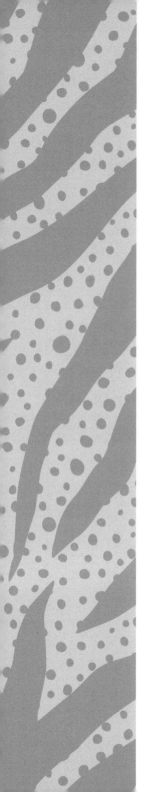

손질된 등불

손질된 등불

물론 그 문제에는 두 가지 측면이 있다. 그중 한 면을 살펴보기로 하자. 우리는 가끔 '상점 아가씨' 운운하는 말을 듣는다. 그런 사람은 존재하지 않는다. 상점에서 일하는 아가씨만이 있을 뿐이다. 그녀들은 그런 식으로 자신의 삶을 살아갈 뿐이다. 그런데 왜 직업을 형용사로 만들어 붙인단 말인가? 우리 좀 공정해지자. 우리는 5번가에 살고 있는 아가씨들을 '결혼 아가씨들'이라고 부르지 않는다.

루와 낸시는 단짝이었다. 고향에서는 식구들 모두 입에 풀칠하기도 어려웠기에 그녀들은 일자리를 찾아 대도시로 왔다. 낸시는 열아홉 살이었고 루는 스무 살이었다. 둘 다 배우가 되겠다는 야심 따위는 없는 예쁘고 활달한 시골 아가씨였다.

저 높은 곳의 작은 케루빔 천사가 도와주었는지 그녀들은 값 싸고 썩 괜찮은 하숙집을 얻을 수 있었다. 그리고 둘은 각기 일 자리를 얻어 돈을 벌기 시작했다. 그러면서도 둘은 여전히 단짝으로 지냈다.

이제 그들이 대도시 생활을 한 지 6개월이 지났다. 오지랖 넓은 독자 여러분, 그녀들을 여러분에게 소개해줄 테니 앞으로 한 걸음 나서길 바란다. 이쪽이 내 숙녀 친구들인 낸시와 루 양 이다. 악수를 하면서 그녀들의 옷차림을 조심스럽게 살펴보라. 그렇다, 조심스럽게……. 그녀들을 빤히 쳐다보다가는 승마 쇼 일등석의 숙녀처럼 대뜸 화를 낼 테니 말이다.

루는 세탁소에서 다리미질 삯일을 하고 있다. 그녀는 몸에 잘 맞지 않는 자줏빛 옷을 입었으며 모자 깃털은 10센티미터나 될 정도로 너무 길었다. 하지만 그녀의 담비 토시와 스카프는 25달러나 주고 산 것이다. 비슷한 종류의 모피 제품들은 철이 끝나갈 무렵이면 7.98달러에 진열장에 나올 것이다. 그녀의 뺨 은 분홍색이고 파란 눈이 밝게 빛나고 있으며 만족감이 흘러넘 치는 모습이다.

낸시는 그냥 습관대로 부른다면 '상점 아가씨'이다. 특별히 상점 아가씨형(型)인 사람은 없다. 하지만 마음이 꼬인 사람들은 늘 그 어떤 '타입'을 찾는다. 그렇다면 그녀를 그런 '타입'의 전형이라고 할 수도 있을 것이다.

그녀는 앞머리에 높은 봉을 넣고 부풀려서 빗어 넘겼고 비록 싸구려 재생 모직물로 만들었지만 깨끗하고 단정한 치마를 입고 있다. 비록 쌀쌀한 봄바람을 막아줄 모피를 걸치고 있지는 않지만 라사로 만든 짧은 재킷을 마치 페르시아산 양가죽 재킷인 양 아주 멋지게 걸치고 있다. 무자비한 유형 분류자들이 보기에 그녀의 얼굴과 눈에는 전형적인 상점 아가씨의 표정이 드러나 있다. 그것은 배반당한 여자를 향해 말없이 경멸감과 혐오감을 품은 표정이었으며 다가올 복수를 슬프게 예언하는 표정이기도 했다. 그녀가 아무리 큰 소리로 웃는다 하더라도 그 표정만은 여전히 사라지지 않았다. 그 표정을 우리는 러시아 소작농들에게서도 발견할 수 있으며 가브리엘 천사가 어느 날 우리를 심판하러 오는 날 그 천사의 얼굴에서도 그 표정을 볼 수 있을 것이다. 그것은 남자들을 움츠러들게 만들고 당황하게 만드는 표정이다. 하지만 잘 알다시피 남자들이란 그런 표정 앞에서 능글맞은 웃음을 흘리며 꽃다발을 바치기 마련이다.

자, 이제 여러분은 "또 봐요"라는 루의 쾌활한 인사를 받으며, 낸시의 냉소적인 것 같으면서도 달콤한 미소, 마치 하얀 나방처럼 지붕 너머 저 별들을 향해 퍼덕이며 올라가는 것 같은 그런 미소를 받으며 모자를 벗어 인사하고 떠나도록 해라.

두 아가씨는 길모퉁이에서 댄을 기다리고 있었다. 댄은 루의 한결같은 남자 친구였다. 충실하냐고? 물론이다. 그는 성모 마리아가 잃어버린 양을 찾기 위해 열두 명에게 소환장을 보낸다면 앞장서서 양을 찾으러 나설 사람이었다.

"낸시, 춥지 않니?" 루가 말했다. "아니, 왜 바보처럼 그런 거지같은 가게에서 주급 8달러를 받고 일하는 거니? 난 지난주에 18달러 50센트를 벌었어. 물론 다림질이 판매대 뒤에서 레이스를 파는 것만큼 멋진 일은 아닐 거야. 하지만 돈이 되잖아. 일주일에 10달러도 못 버는 애는 한 명도 없어. 게다가 나는 이일이 그다지 천한 일이라고 생각하지 않아."

"네 맘대로 생각하렴." 낸시가 콧대를 들어 올리며 말했다. "나는 일주일에 8달러와 현관 옆방을 감수할 거야. 나는 멋진 물건들과 근사한 사람들 사이에서 지내는 게 좋아. 게다가 얼마나 좋은 기회인데! 들어봐. 글쎄, 최근에 장갑 매장 여직원이 피츠버그 사람하고 결혼했는데, 철강업자라나 뭐라나, 아무튼 백만장자래. 언젠가 나도 그런 멋진 사람을 잡을 거야. 뭐, 웃음을 팔거나 그러겠다는 건 아니야. 하지만 그런 엄청난 기회가 오면 절대로 놓치지 않을 거야. 세탁소에서야 여자가 어떻게 빛이 날 수 있니?"

"왜? 난 세탁소에서 댄을 만났는데." 루가 당당하게 말했다. "나들이용 셔츠를 찾으러 왔다가 맨 앞 다림대에서 내가 다림질하고 있는 걸 본 거야. 우리들은 모두 맨 앞 다림대에서 일하려고 애를 써. 그날 엘라가 아파서 내가 대신 그 자리를 쓸 수 있었던 거야. 댄은 맨 처음에 내 팔이 눈에 들어왔다고 했어. 정말 오동통하고 새하얗더래. 소매를 걷어 올리고 있었거든. 세탁소에도 멋진 남자들이 올 때가 있어. 가방에 옷을 넣고는 갑자기 쑥 들어온단다."

"루, 너 어쩜 그런 블라우스를 입을 수 있니?" 낸시가 눈을 내리깔고 루의 눈에 거슬리는 옷을 바라보며 힐난하듯 말했다. "네 취향이 얼마나 고약한지 훤히 보인다."

"이 블라우스가 어때서?" 루가 화난 듯 눈을 크게 뜨고 외쳤다. "16달러나 주고 산 건데. 원래 25달러는 하는 거야. 어떤 부인이 세탁을 맡겨 놓고 찾아가지 않아서 주인이 내게 팔았어. 일일이 손으로 수를 놓은 거란 말이야. 네가 입고 있는 그 장식도 없는 흉한 옷에나 신경 쓰지 그래."

"장식 없는 흉한 옷이라고?" 낸시가 차분하게 되받았다. "이 옷은 밴 앨스타인 피셔 부인이 입고 있는 옷을 그대로 본 딴 거야. 작년에 그 부인이 우리 백화점에서 쓴 돈이 12,000달러라고 하더라. 이건 내가 직접 만든 거야. 1달러 50센트 들었어. 몇 미터만 떨어져서 봐도 그 여자 옷이랑 구분할 수 없을걸."

"오, 그러셔?" 루가 부드럽게 말했다. "굶어 죽더라도 허세를 부리고 싶으면 그렇게 하시지. 나는 내 일과 돈을 택할 테니까. 나중에 내가 살 만한 멋진 옷이나 소개해줘."

바로 그때 댄이 나타났다. 도시인들의 전매특허인 경박함이라고는 찾아 볼 수 없는 진지한 젊은이였고 기성품 넥타이를 매고 있었다. 그는 전기 기사로서 주급 30달러를 받고 있었다. 그는 로미오 같은 애절한 눈으로 루를 바라보며 자수를 놓은 그녀의 블라우스를 파리가 기꺼이 날아와 걸려들 수밖에 없는 거미줄 같다고 생각했다.

"이쪽은 내 친구 오웬스 씨, 댄포스 양과 악수해요." 루가 말했다.

"만나게 되어 정말 반갑습니다, 댄포스 양." 댄이 손을 내밀며 말했다. "루에게 말씀 많이 들었습니다."

"감사해요." 낸시가 차가운 손가락 끝으로 댄의 손끝을 가볍게 건드리며 말했다. "방금 루가 당신 이야기를 했어요."

루가 킥킥 웃었다.

"그런 악수 법도 밴 앨스타인 피셔 부인에게 배웠니?"

"내가 이렇게 하면 너도 안심하고 따라하면 돼." 낸시가 말했다.

"오, 나는 그런 고상한 악수는 못하겠는데. 그런 식의 악수는 다이아몬드 반지라도 자랑하고 싶을 때 하는 거지. 좀 기다려 봐. 그런 반지가 몇 개 생긴 다음이라면 해볼게."

"먼저 배워둬." 낸시가 슬기롭게 말했다. "그러면 반지가 생길 가능성이 높아지니까."

"자자, 그만들 하시지요." 댄이 마치 준비하고 있었다는 듯 쾌활한 미소를 지으며 말했다. "제가 제안 하나 하겠습니다. 누가 옳은지 밝히기 위해 티파니 보석상에 갈 수는 없는 노릇이니 그 대신 가벼운 보드빌 구경은 어떨까요? 제게 티켓이 있거든요. 진짜 보석을 끼고 악수를 하는 대신 무대 위 다이아몬드라도 구경하지요."

충실한 종자가 차도 쪽으로 바짝 서고 밝고 예쁜 옷을 입은 루가 그 옆에서 작은 공작새처럼 걸어갔다. 참새처럼 수수한 옷을 입은 호리호리한 낸시는 안쪽에서 정말로 밴 앨스타인 피셔 부인처럼 걸었다. 이렇게 세 사람은 소박한 저녁 여흥거리를 위해 길을 나선 것이다.

내가 보기에 많은 사람들이 대형 백화점을 교육 기관으로 생각하지 않는 것 같다. 하지만 낸시가 일하고 있는 백화점은 그녀에게 교육 기관이나 마찬가지였다. 그녀는 세련된 취향을 뿜어내는 아름다운 물건들에 온통 둘러싸여 지냈다. 당신이 사치스러운 분위기에서 지내다보면 그 사치품을 사기 위해 당신의 지갑을 열건, 혹은 다른 사람이 사 가건 그 분위기는 일단 당신과 한 몸이 된다.

그녀가 맞은 고객들은 옷과 매너와 사회적 지위 등에서 사교계의 표준으로 간주되는 여성들이었다. 낸시는 그녀들로부터 자기가 보기에 가장 좋은 것이라고 여겨지는 것들을 통행료처럼 챙기기 시작했다. 어떤 사람에게서는 몸짓을, 다른 이에게는 눈썹을 우아하게 치켜뜨는 법을 배우고 따라했다. 그녀는 그런 식으로 걷는 방법, 미소 짓는 법, 핸드백을 드는 법, 친구에게 인사하는 법, 아랫사람에게 말하는 법들을 배웠으며 그녀가 가장 소중히 여기는 본보기인 피셔 부인에게서는 맑고 나지막한 목소리를 내는 법을 배웠다.

세련된 상류층 분위기와 교양 있는 몸가짐이 온통 주변에 퍼져 있었으니 낸시가 그 영향을 받지 않을 수 없는 것은 당연했다. 훌륭한 습관이 훌륭한 원칙보다 낫다는 말이 있듯이 훌륭한 태도는 훌륭한 습관보다 나은 것인지 모른다. 부모들의 교육만으로는 뉴잉글랜드의 청교도 정신을 계속 지켜나가기는 힘들다. 하지만 '프리즘과 필그림'(천상의 빛과 순교자 – 옮긴이 주)이라는 단어를 40번쯤 되뇌면 악마라도 멀리 달아나버릴 것이다. 낸시는 부인의 음성을 흉내 내고 실천하면서 뼛속 깊이 노블레스 오블리주(높은 신분에 따른 정신적 도덕적 의무 – 옮긴이 주)의 정신을 느끼고 전율했다.

대형 백화점이라는 학교에서 배우는 아주 중요한 것이 또 하나 있다. 백화점 점원들은 가끔 삼삼오오 모여 이 세상 모든 남성들에 대한 방어 전략, 격퇴 전략을 논의했고 그 논의에서 이 세계는 무대, 여성들은 무대에 서 있는 주인공, 남자들은 집요하게 꽃다발을 던지는 관객이 된다. 그런 전략 회의를 통해 낸시는 방어 기술을 익혔는데, 사실상 여성이 방어에 성공을 거둔다는 것은 곧 승리를 의미한다.

백화점의 교육 커리큘럼은 광범위하다. 이 세상 그 어느 대학도 상류층 신사와의 결혼이라는 '경품에서의 대상(大賞)'을 뽑겠다는 필생의 야심을 성취하는 법을 백화점처럼 제대로 가르칠 수는 없을 것이다.

백화점 내에서 그녀는 아주 유리한 자리를 차지하고 있었다. 음악실이 가까이 있어서 일류 작곡가들의 음악을 듣고 친숙해질 수 있었다. 최소한 그녀가 그토록 발을 들여놓고 싶어 하는 사교계에서 감식안이 있다고 통할 만큼은 친숙해질 수 있었다. 그녀는 도자기와 고상하고 값비싼 원단, 여성에게는 일반교양에 속한다고 할 수 있는 장식품들에 대해서도 교육을 받았다.

백화점 내 다른 점원들이 곧 낸시의 야심을 눈치챘다. 그럴 듯한 남자가 그녀의 판매대로 다가올 때마다 그녀들은 "낸시, 저기 네 백만장자께서 오시네"라고 말하곤 했다. 함께 온 여자가 쇼핑을 하는 동안 어슬렁거리던 남자들이 손수건 매장으로 슬금슬금 다가와서 하얀 면 손수건 앞에서 꾸물대는 것이 그들의 버릇이 되었다. 낸시의 배워서 흉내 내는 고상한 태도와 타고난 뛰어난 미모에 끌렸던 것이다. 그래서 많은 남자들이 그녀 앞에 와서 점잖을 떨었다. 그들 중 몇몇은 백만장자일 것이고 그저 부지런히 흉내만 내는 족속들도 있을 것이다. 낸시는 그 둘을 확실히 구별해낼 수 있었다. 손수건 매장 끝에는 창문이 있었다. 그녀는 창문을 통해 쇼핑객들이 줄 지어 세워놓은 자동차들을 볼 수 있었다. 그녀는 그것을 보고 자동차도 그 주인만큼 각양각색인 것을 알 수 있었다.

언젠가 멋진 신사가 손수건을 마흔여덟 장이나 산 다음에 코페투아 왕(영국 민요 속 아프리카 왕. 평소에 여자에게 관심이 없다가 지나가는 거지 소녀에게 반해서 왕위를 버리고 사랑을 택했다 - 옮긴이 주) 같은 표정으로 판매대 너머 그녀에게 구애한 적이 있었다. 그가 가버린 다음에 점원 중 한 명이 낸시에게 말했다.

"낸시, 뭐가 문제니? 왜 저런 사람에게 쌀쌀맞게 구는 거니? 내가 보기엔 정말 굉장한 사람 같던데."

"저 사람?" 낸시는 반 앨스타인 피셔 부인의 차가우면서도 감미롭기 그지없는, 그러면서 동시에 비정한 미소를 지으며 말했다. "나한테는 안 맞아. 밖에 차를 세우는 걸 봤어. 겨우 12마력 차에 아일랜드인 운전사라니! 게다가 어떤 손수건을 샀는지 봤니? 실크였다고! 게다가 손가락에 무슨 문제가 있더라. '진짜'가 아니면 사양하겠어요."

이 백화점에서 가장 세련된 여성이라 할 수 있는 매장 감독과 현금 출납원에게는 몇몇 '굉장한 남자 친구들'이 있어 가끔 식사를 함께 했다. 한번은 그들이 낸시를 초대 손님에 끼워준 적이 있었다. 연말연시에 그곳에서 저녁을 들기 위해서는 1년 전에 예약을 해야만 하는 호화로운 카페에서였다. 그 자리에는 두 명의 '신사 친구'가 있었다. 그중 한 명은 머리카락이 하나도 없는 대머리였다. 상류 사회 생활이 머리를 자라지 못하게 한 것이 분명했으며, 우리는 그 사실을 증명할 수도 있다. 다른 한 사람은 젊은 신사로서, 자기가 가치 있는 인물이며 지적 교양을 갖추고 있음을 사람들에게 각인시키기 위해 두 가지 방법을 썼다. 즉 모든 와인에서 코르크 냄새가 난다고 단언했으며 다이아몬드가 박힌 커프스단추를 달고 있었던 것이다.

이 젊은 신사가 낸시에게서 저항하기 어려운 매력을 발견했다. 원래 상점 아가씨는 그의 취향이었다. 그런데 눈앞의 이 아가씨는 그가 속한 상류 사교계의 말투와 매너뿐 아니라 자신의 신분에 걸맞은 솔직함까지 갖추고 있었다.

다음 날 백화점에 나타난 그는 가장자리에 수를 놓은 아일랜드 풍 손수건 상자들 너머로 그녀에게 청혼했다. 낸시는 거절했다. 갈색 머리를 빗어 올린 한 여점원이 몇 미터 뒤에서 그쪽으로 온 신경을 기울이고 있었다. 거절당한 구혼자가 가버리자 그녀가 낸시에게 온갖 비난을 다 쏟아 부었다.

"이런 멍청이 같으니! 그 사람은 백만장자야. 밴 스킬 씨의 조카라니까. 게다가 진심 같았어. 낸시, 너 어디 이상해진 거 아니니?"

"내가 돌았다고?" 낸시가 말했다. "내가 그 사람을 잘못 봤다는 거니? 그 사람은 네가 말한 대로 백만장자가 아니야. 집에서 받아 쓸 수 있는 돈이 1년에 고작 2만 달러밖에 안 돼. 대머리 남자가 지난번 함께 저녁 먹을 때 그걸 갖고 놀렸어."

그러자 여점원이 그녀에게 가까이 오며 말했다.

"대체 네가 원하는 게 뭐니? 모르몬교도라도 돼서 록펠러나 글래드스턴 도위랑, 혹은 스페인 국왕이랑 결혼하겠다는 거니? 아니면 그 사람들 전부랑 결혼하고 싶다는 거니?(모르몬교는 일부다처제를 용인함 – 옮긴이 주) 너한테 2만 달러면 과분하지 않니?"

낸시는 점원이 천박한 검은 눈으로 자신을 뚫어져라 바라보자 얼굴을 붉혔다.

"캐리, 꼭 돈 때문만은 아니야." 그녀가 설명했다. "그 남자는 지난번 식사 자리에서 거짓말을 하다가 들켰어. 어떤 여자 이야기가 나왔는데 그 여자와 극장에 가본 일이 없다고 잡아떼다가 친구에게 덜미를 잡혔거든. 나는 거짓말쟁이는 못 참아. 어쨌든 난 그 사람이 싫어. 그걸로 다 끝난 거지, 뭐. 바겐세일 물건처럼 팔리기는 싫어. 남자답고 당당한 사람이 좋아. 그래, 나는 훌륭한 결혼 상대를 찾고 있어. 하지만 장난감 저금통처럼 빈 소리만 요란한 사람은 안 돼."

"너한테는 정신 병동이 딱이다!" 갈색 머리 아가씨는 그 말과 함께 제자리로 가버렸다.

비록 이상이라고까지 말할 수는 없지만 드높기만 한 이런 신념을, 낸시는 주급 8달러를 받으며 무럭무럭 키워나갔다. 그녀는 마른 빵을 씹고 매일 허리띠를 졸라 매면서 미지의 훌륭한 상대를 찾아 추적을 계속했다. 그녀의 얼굴에서는 '남자 사냥꾼'으로서의 희미하면서도 당당한, 달콤하면서도 엄격한 미소가 떠나지 않았다. 백화점은 그녀에게 사냥 숲이었다. 그녀는 여러 번 높은 뿔에 거대해 보이는 사냥감 사슴을 향해 엽총을 겨누었다. 하지만 늘 그 어떤 확실한 본능, 사냥꾼 것이랄 수도 있고 여자 것이랄 수도 있는 본능에 의해 사격을 자제하고 다시 추적을 이어나갔다.

루는 세탁소에서 화려한 생활을 누리고 있었다. 그녀는 주급 18.5달러 중에 6달러를 하숙비로 냈다. 그리고 나머지는 주로 옷을 사는 데 썼다. 낸시에 비해 그녀에게는 자신의 취향과 매너를 향상시킬 기회가 거의 없었다. 수증기 가득한 세탁소에는 오직 일밖에 없었으며 그녀는 일을 하면서 저녁 시간을 어떻게 즐겁게 보낼까 궁리하는 것이 고작이었다. 값비싸고 화려한 온갖 옷들이 그녀의 다리미 밑을 지나갔다. 옷에 대한 그녀의 애착은 아마 이 전도체 금속을 통해 그녀에게 전달된 것인지도 모른다.

하루 일이 끝나면 댄이 밖에서 그녀를 기다렸다. 그는 그녀가 어떤 불빛 아래 있더라도 늘 곁에 붙어 있는 충실한 그림자였다.

그는 루의 옷차림에 대해 가끔 걱정스럽다는 눈길을 솔직하게 던지곤 했다. 그녀의 옷차림이 점점 더 멋있다기보다는 과시적이 되어갔던 것이다. 하지만 그의 마음이 변해서 그런 것이 아니었다. 그는 다만 거리에서 그녀가 사람들의 주목을 받지 않았으면 하고 바랄 뿐이었다. 루도 댄 못지않게 그의 짝에게 충실했다.

그들이 어디를 가든 낸시가 동행하는 것이 하나의 법칙처럼 되었다. 댄은 이 여분의 짐을 기꺼이 기분 좋게 짊어졌다. 즐길 거리를 찾아 나선 이들 트리오에게 루는 색깔을, 낸시는 색조를 댄은 무게를 주었다고 할 수 있었다. 기성복이 분명한 옷으로 정장을 하고 기성품 넥타이를 맨 에스코트 댄은 끊임없이 익히 알고 있는 재담을 했으며 두 여자 그 누구도 놀라게 하지도 않았고 그 누구와 충돌하지도 않았다. 그는 곁에 있으면 잊히기 십상이지만 헤어지고 나면 생각날 수밖에 없는 그런 사람이었다.

자신의 고상한 취향에 비해볼 때 이런 식의 진부한 즐거움은 가끔 낸시에게 씁쓸함을 안기기도 했다. 하지만 그녀는 젊었다. 젊음은 미식가가 될 수 없을 때면 대식가가 되는 법이다.

　"댄은 늘 내게 빨리 결혼하자고 해." 루가 언젠가 낸시에게 말한 적이 있었다. "하지만 내가 왜? 나 혼자도 잘 살 수 있는데. 나는 내가 버는 돈으로 원하는 건 뭐든 할 수 있어. 게다가 그는 결혼 후에 내가 일을 그만두길 원할걸. 그런데 낸시, 넌 도대체 뭘 원하기에 잘 먹지도 입지도 못하면서 백화점 일을 고집하고 있는 거니? 네가 원한다면 세탁소에 당장 자리를 알아봐줄 수 있어. 네가 돈을 훨씬 많이 벌게 되면 거드름을 덜 피우게 될 거야."

　"루, 내가 거드름을 피우는 것 같니?" 낸시가 대답했다. "어쨌든 나는 잘 먹지 못하더라도 지금 이대로 지낼 거야. 버릇이 된 것 같아. 내가 원하는 건 기회야. 언제까지나 판매대 뒤에 있지는 않을 거야. 나는 매일 새로운 걸 배우고 있어. 비록 가만히 서서 기다리는 일을 하곤 있지만 언제나 세련되고 부유한 사람들과 맞서고 있어. 나는 내 앞에서 벌어지고 있는 일, 그 어느 것 하나도 놓치지 않아."

　"백만장자는 아직 못 잡았니?" 루가 놀리듯 웃으며 말했다.

"아직 못 골랐어." 낸시가 대답했다. "계속 살펴보고 있어."

"맙소사! 고르고 있다고! 얘, 낸시, 돈 몇 푼 때문에 벌벌 떠는 사람이라도 그냥 잡아버려. 낸시, 너 지금 농담하는 거겠지? 진짜 백만장자는 우리 같은 애들은 거들떠보지도 않아."

그러자 낸시가 재치 있게 말했다.

"그러는 게 그들에게도 좋을 텐데. 우리가 돈 관리하는 법을 가르쳐줄 수 있잖아."

루가 웃으며 말했다.

"백만장자가 내게 말을 걸기라도 하면 나는 기절해버릴 거야."

"네가 아무것도 몰라서 하는 소리야. 부자와 보통 사람의 차이는 가까이서 살펴봐야만 알 수 있을 정도로 아주 작아. 그런데 루, 그 빨간 실크 안감 말이야, 바깥 색에 비해 너무 밝지 않니?"

루는 낸시가 입고 있는 단조롭고 칙칙한 올리브색 재킷을 바라보았다.

"글쎄, 나는 뭐…… 괜찮은데. 네가 입고 있는 칙칙한 옷 옆에서는 그렇게 보일지도 모르겠다."

"이 옷은 말이야," 낸시가 득의의 표정을 지으며 말했다. "지난번에 밴 앨스타인 피셔 부인이 입은 거랑 똑같이 만든 거야. 재료값으로 겨우 3.98달러가 들었어. 그 여자 옷은 100달러 이

상일걸."

"아, 그래." 루가 가볍게 말했다. "그 옷이 백만장자를 낚을 미끼로는 안 보인다. 너보다는 내가 먼저 백만장자를 낚겠다, 얘."

두 친구가 펼치고 있는 이론 중 어느 것이 더 가치가 있는지 제대로 밝혀내려면 철학자를 모셔 와야 할 지경이었다. 루에게는 생계를 벌기 위해 상점이나 사무실을 가득 채우며 일하고 있는 여자들이 지니기 마련인 자존심이나 까다로움이 없었다. 그녀는 시끄럽고 숨이 막히는 세탁소 안에서 쾅 하고 다리미를 놓으며 모든 것을 경쾌하게 날려버렸다. 그녀의 봉급은 편안한 생활을 보증해주고도 남았다. 결국 옷차림에 점점 더 돈을 쓰게 되었고 급기야 댄의 단정하지만 세련되지 않은 복장들을 참을 수 없다는 듯 흘낏흘낏 바라보게 되었다. 그토록 한결같고 변함없으며 한눈을 팔지 않는 사람을 말이다.

낸시로 말하자면 수만 명 중에 한 명 있을까 말까 한 경우였다. 교양 있고 안목 높은 고상한 사람들이 좋아하는 실크와 보석과 레이스와 장신구들, 향수와 음악들은 여성을 위해 만들어진 것이고 그녀도 그런 것을 가질 자격을 타고났다. 그것들이 그녀의 삶의 일부분이라면, 또한 그녀가 그것들을 원한다면 그것들과 가까이 해야 한다. 그녀는 에서(성경의 창세기에 등장하는 인물,

수프 한 그릇에 장자 상속권을 동생 야곱에게 팔았다 - 옮긴이 주)처럼 자신을 저버리는 사람이 아니었다. 그녀가 벌어들이는 수프는 비록 부족했지만 그녀는 그녀의 생득권을 지켰다.

낸시는 그런 환경에 속해 있었다. 그녀는 그 안에서 잘 지내면서 소박한 음식을 먹고 값싼 옷을 입으며 만족했다. 그녀는 여자에 대해서는 이미 알고 있었다. 그녀는 남자라는 동물의 습성과 적격성을 연구하는 중이었다. 언젠가는 반드시 그녀가 원하는 사냥감을 쓰러뜨리게 되리라. 하지만 가장 크고 최선의 것이어야 했지, 그보다 작은 것이면 안 되었다.

그렇게 그녀는 등잔불을 밝혀놓고 신랑감이 오면 맞이할 준비를 하고 있었다.

그런데 그녀가 자신도 모르는 새 습득한 것이 또 있었다. 그녀의 가치 기준이 차츰 흔들리고 변하기 시작한 것이다. 이따금 그녀의 마음의 눈에 달러 표시가 점점 흐려지더니 '진실'이니 '명예'니 하는 단어들과 '친절'이라는 단어가 선명하게 모습을 드러내기 시작했다. 거대한 숲속에서 큰 사슴이나 엘크를 사냥하는 사람과 비교해보자. 수목 사이로 이끼 낀 작은 골짜기가 보인다. 그곳에는 실개천이 졸졸 흐르면서 그에게 휴식과 안식에 대해 재잘거린다. 이럴 때면 니므롯(성경의 창세기 나오는 사낭꾼 - 옮긴이 주)의 창도 무뎌지는 법이다. 그 결과 낸시는 이따금 페르시아산 양가죽의 값이 혹시 그것을 걸치고 있는 사람의 마음에 의해 매겨지는 것은 아닌가 하는 생각을 했다.

어느 화요일 저녁 낸시는 백화점을 나서서 세탁소를 향해 6번가 서쪽 길을 건너고 있었다. 루와 댄과 함께 뮤지컬 코미디를 보러 갈 작정이었다.

그녀가 세탁소에 도착했을 때 댄이 그곳에서 나오고 있었다. 그의 얼굴이 묘하게 긴장한 모습을 띠고 있었다.

"여기 오면 그녀 소식을 들을 줄 알았는데……." 그가 말했다.

"누구 소식 말이에요?" 낸시가 물었다. "루, 안에 없어요?"

"당신은 알 줄 알았습니다. 월요일부터 여기에도, 하숙집에도 없었어요. 모든 짐을 다 갖고 갔답니다. 세탁소 여자 한 명의 말로는 유럽으로 갔다고 하더군요."

"아니, 어디서도 그 애를 본 사람이 없다는 거예요?" 낸시가 물었다.

댄은 단단하게 입을 꽉 다물고 그의 회색 눈동자로 차갑게 그녀를 바라보았다.

"세탁소 여자들이 말하더군요." 그가 거칠게 말했다. "그녀가 어제 자동차에 올라타는 걸 봤다는 겁니다. 당신하고 루가 늘

꿈꾸던 백만장자이겠지요."

낸시는 생전 처음으로 남자 앞에서 움츠러들었다. 그녀는 가볍게 떨리는 손을 댄의 소매에 얹었다.

"내게 그런 말을 할 권리는 없어요, 댄. 내가 이 일과 무슨 관련이 있는 것 같잖아요!"

"그런 뜻이 아니었습니다." 댄이 누그러진 목소리로 말했다. 그는 조끼주머니를 더듬었다.

"오늘 밤 쇼 티켓이 있는데……." 그는 밝은 표정을 지으며 말했다. "괜찮다면……."

"함께 가겠어요, 댄." 그녀가 말했다.

낸시는 결단력이 있는 행동을 볼 때마다 늘 높이 평가했다.

세 달이 지난 후 낸시는 루를 만났다.

어느 날 황혼 무렵 백화점 여점원은 작고 조용한 공원 옆길을 따라 급히 집으로 향하고 있었다. 그녀 귀에 자기를 부르는 소리가 들렸고 돌아보는 순간 루가 그녀의 품 안으로 뛰어들었다. 낸시는 루를 겨우 맞아들일 수 있었다.

포옹이 끝나자 둘은 마치 먹이를 공격하거나 홀리려는 뱀처럼 동시에 고개를 뒤로 젖혔다. 그녀들의 혀끝에서는 수천 가지 질문들이 떨면서 맴돌고 있었다. 순간 낸시는 성공이 루를 뒤덮고 있음을 알 수 있었다. 값비싼 모피와 번쩍거리는 보석, 장인의 솜씨로 재단한 옷들이 그 사실을 증명해주고 있었다.

"이런 바보!" 루가 애정이 담긴 목소리로 크게 외쳤다. "아직 그 백화점에서 일하고 있구나. 전처럼 추레한 옷 꼴을 보니! 그래 낚으려던 큰 물고기는 어디 있어? 아직 못 잡았구나, 그렇지?"

순간 루는 성공보다 더 좋은 그 무엇인가가 낸시를 감싸고 있는 것을 알아차렸다. 그녀의 눈은 보석보다 밝게 빛을 발하고 있었고 뺨은 장미보다 붉었으며 혀끝에는 어서 밖으로 뛰쳐나오고 싶어 하는 그 무슨 말이 전기처럼 춤을 추고 있었다.

"응, 아직 백화점에서 일하고 있어." 낸시가 말했다. "하지만 다음 주에 그만둘 거야. 고기를 낚았거든. 세상에서 제일 큰 고기야. 루, 네게 말해줘도 별로 상관이 없겠지? 나, 댄이랑 결혼해. 댄 말이야! 이제 나의 댄이야, 루!"

공원 모퉁이 부근을 얼굴이 매끈한 신참 경관이 순찰을 돌고 있었다. 그런 모습의 경관은 최소한 눈으로나마 공권력을 견딜 만하게 해준다. 그의 눈에 값비싼 모피 코트를 입고 다이아몬드 반지를 낀 여자가 몸을 반쯤 웅크린 채 공원 철책에 기대어 격렬하게 흐느끼고 있는 모습이 보였다. 그리고 그 옆에서 수수한 옷차림의 가냘픈 근로 여성이 그녀에게 바싹 몸을 기울인 채 달래고 있었다. 하지만 신세대 경찰은 마치 그 모습을 보지 못한 척 그대로 지나쳤다. 비록 보도를 두드리는 그의 야경봉 소리가 저 아득한 별까지 울려 퍼진다 할지라도, 이런 문제는 자신이 대변하고 있는 공권력의 힘으로는 어쩔 수 없는 문제라는 것을 잘 알고 있었던 것이다.

A Madison Square Arabian Night

매디슨스퀘어의 아라비안나이트

매디슨스퀘어의 아라비안나이트

매디슨스퀘어 근처 아파트에 살고 있는 카슨 차머스에게 집사 필립스가 저녁 우편물을 갖다주었다. 통상적인 우편물들 외에 똑같은 외국 소인이 찍힌 두 통의 편지가 있었다.

그중 한 통에는 어떤 부인의 사진이 한 장 들어 있었다. 그리고 또 다른 한 통은 지루하게 끝없이 이어지는 장문(長文)의 편지였다. 차머스는 그 편지에 오랫동안 푹 빠져 있었다. 사진 속 여자가 아닌 또 다른 여자가 보낸 그 편지는 겉에 꿀을 바른 독가시 같은 말들로 가득 차 있었으며 온통 사진 속 여자를 비방하고 빈정거리는 말들로 장식되어 있었다.

차머스는 그 편지를 갈기갈기 찢은 다음 비싼 양탄자가 닳도록 그 위를 성큼성큼 왔다 갔다 했다. 우리에 갇힌 정글 짐승의 행동이었으며 의혹의 정글에 갇힌 한 남자의 행동이었다.

차츰차츰 들떠 있던 기분이 가라앉았다. 그 양탄자는 마법의 양탄자가 아니었다. 혹시 5미터 정도라면 모를까 5,000킬로미터를 날아갈 수는 없는 노릇이었다.

필립스가 나타났다. 그는 인기척과 함께 들어오는 법이 없었다. 그는 늘 기름을 잘 바른 램프의 요정 지니처럼 소리 없이 나타났다.

"댁에서 저녁을 드시겠습니까, 아니면 외식을 하시겠습니까?" 그가 물었다.

"집에서 들겠네." 차머스가 말했다. "반 시간 후에."

차머스는 텅 빈 거리에서 들려오는, 바람의 신 아네모이의 트롬본에서 나오는 1월 돌풍 소리에 우울하게 귀를 기울이고 있었다.

"잠깐," 그는 방에서 나가려는 램프의 요정을 불러 세웠다. "광장을 건너오려니까 많은 남자들이 줄을 서 있더군. 누군가 어떤 상자 위에 올라서서 떠들고 있었고. 대체 거기서 뭣들 하는 거지?"

"노숙자들입니다요, 나리." 필립스가 대답했다. "상자 위에 올라가 있는 사람은 그 사람들 잠자리를 마련해주려는 거고요.

지나가는 사람들이 그 사람 말을 듣고 돈을 주면 그 돈을 노숙자들 잠자리 비용으로 씁니다. 그래서 노숙자들이 줄을 서 있는 거지요. 줄을 선 순서대로 여인숙에 보내니까요."

그러자 차머스가 말했다.

"그렇다면 저녁 식사 전까지 그들 중 한 명을 이리로 데려오게. 나와 함께 식사를 할 수 있도록."

"도대체 어, 어떤 사람을……." 이런 일을 처음 겪는 필립스가 더듬거리며 말했다.

"아무나 골라. 술주정뱅이나 지나치게 불결하지만 않으면 되겠지. 그 외에는 상관없어."

카슨 차머스가 칼리프(이슬람 국가의 왕 – 옮긴이 주) 역할을 하는 것은 흔치 않은 일이었다. 하지만 그날 밤 그는 상투적인 방법으로는 울적한 기분에서 벗어날 수 없을 것 같았다. 뭔가 터무니없고 말도 안 되는 짓, 아라비안나이트처럼 뭔가 멋진 짓만이 자신의 기분을 달래줄 것 같았다.

30분 후 필립스는 램프의 요정처럼 임무를 완수했다. 건물 아래 레스토랑에서 웨이터들이 음식을 날라 왔다. 두 자리가 마련된 식탁에는 분홍색 갓을 씌운 촛불이 밝게 타오르고 있었다. 이어서 필립스가 추기경을 모셔 오듯, 혹은 강도를 움켜잡아 데리고 오듯, 잠자리를 구하기 위해 줄을 서 있던 사람들 중에서 끌고 온 손님을 안으로 데려왔다. 그 손님은 추위로 몸을 떨고 있었다.

우리는 보통 이런 사람을 난파선이라고 부른다. 비유를 계속 사용하자면 그는 화재로 재난에 빠진 난파선 중의 하나이다. 그리고 아직 꺼지지 않은 불이 표류하는 선체를 태우고 있다.

그는 방금 세수를 한 것 같았다. 필립스의 강권에 의해 마치 도살장에 들어가기 전에 치르는 의식처럼 행해진 것이었다. 촛불을 받고 있는 그의 모습은 마치 이곳의 품위 있는 가구에 난 흠집 같았다. 얼굴은 창백한 병색이었고 아일랜드 종 사냥개의 털처럼 붉은색의 짧은 수염이 거의 눈까지 뒤덮고 있었다. 늘 쓰고 있는 모자 때문에 착 달라붙은 긴 머리칼은 필립스의 빗으로도 어쩔 도리가 없었다. 그의 눈은 사나운 사냥개에게 쫓기는 들개의 눈처럼 절망적이면서도 교활한 반항기를 가득 담고 있었다. 허름한 외투의 단추는 맨 위까지 채워져 있었고 그 위로 옷깃이 삐죽 솟아 있었다. 차머스가 둥근 식탁 너머에서 자리에서 일어났을 때 그에게는 전혀 당황하는 기색이 없었다.

주인이 그에게 말했다.

"괜찮으시다면 함께 식사할 수 있는 기쁨을 누리게 해주시기 바랍니다."

"제 이름은 플러머입니다." 길거리 손님이 거칠고 공격적인 어조로 말했다. "제가 당신 입장이라면 함께 식사할 사람의 이름 정도는 알고 싶을 것 같아서 말씀드립니다."

그러자 차머스가 약간 허둥대며 말했다.

"내 이름을 막 알려주려던 참이었습니다. 차머스입니다. 자, 맞은편에 앉으시지요."

플러머는 무릎을 구부려 필립스가 의자를 밀어 넣어주기를 기다렸다. 전에도 식사 시중을 받아본 적이 있는 것 같은 태도였다. 필립스는 올리브기름에 담근 안초비를 식탁에 올려놓았다.

"근사한데!" 플러머가 외치듯 말했다. "풀코스로 나올 모양이지요? 좋습니다, 바그다드의 유쾌한 지배자시여! 이쑤시개를 물 때까지 당신의 세에라자드가 되어드리지요. 제 인생에 된서리가 내린 이래 처음으로 진짜 동방풍의 칼리프를 만나게 된 셈이로군요. 정말 행운이로군! 저는 줄에서 마흔세 번째로 서 있었습니다. 내가 대체 몇 번째인지 헤아렸을 때 당신의 반가운 사절이 와서 나를 이 연회에 초대했습니다. 제가 오늘 밤 잠자리를 배당받을 확률은 제가 미국 대통령이 될 확률과 비슷했지요. 자, 제 슬픈 인생 이야기를 어떤 식으로 들려드릴까요, 알라시드 전하(아라비안나이트에 나오는 5대 칼리프 - 옮긴이 주). 요리가 나올 때마다 한 조각씩 들려드릴까요, 아니면 식후에 담배와 커피를 즐기면서 들려드릴까요?"

"이런 일을 처음 겪는 건 아닌 것 같군요." 차머스가 웃으며 말했다.

"예언자의 턱수염에 걸고 맹세하지만, 처음이 아닙니다!" 손님이 대답했다. "바그다드에 벼룩이 들끓듯이 뉴욕에는 인색한 하룬 알라시드가 수두룩하지요. 저는 제 머리를 겨누고 있는 권총 같은 식사에게 제 이야기를 스무 번도 넘게 강탈당했습니다. 뉴욕에 뭔가를 공짜로 주는 사람이 있는지 한번 찾아보시지요! 뉴욕 사람들에게 호기심과 자비심은 똑같은 한 세트의 건축 자재입니다. 대부분은 호기심을 채운 대가로 10센트짜리 은화나 싸구려 중국 음식을 제공합니다. 뭐, 최고급 소고기 요리를 내놓으면서 칼리프 노릇을 하는 사람들도 일부 있지요. 하지만 그런 사람들은 주석까지 달린 자서전을 내놓도록 쥐어짭니다. 심지어 부록과 출간되지 않은 원고까지 모조리 내놓으라고 강요합니다. 저는 이 오래된 바그다드 지하철역에서 어떤 음식이 내 눈앞에 놓이는가를 보면 무엇을 준비해야 할지 금세 알 수 있습니다. 아스팔트에 머리를 세 번 짓찧어 식사 때 지껄

일 이야기를 준비합니다. 저는 수프 한 그릇과 빵 한 덩어리 때문에 사람들 앞에서 노래를 불러야 했던 토미 터커(영국 전래 동요의 인물 – 옮긴이 주)의 후손임이 분명합니다.”

"나는 당신에게 이야기를 들려달라고 하지 않겠소.” 차머스가 말했다. "솔직히 말해 순전히 갑작스런 변덕으로 낯선 이를 내 식탁에 초대한 거요. 분명히 말하지만 나의 호기심 따위에 시달릴 일은 없을 거요.”

"무슨 말씀을!” 손님이 허겁지겁 수프를 공격하며 단언하듯 말했다. "그런 건 저와는 아무 상관없는 일입니다. 저는 붉은색 표지의 동방의 정기 잡지이며 칼리프가 외출하면 언제고 잘려 나가 칼리프에게 바쳐질 준비가 되어 있는 페이지입니다. 사실상 잠자리를 구하려고 줄을 서 있는 우리들에게는 이런 일에 있어서 일종의 공공요금이란 게 정해져 있습니다. 이 세상에는 가던 걸음을 멈추고 우리가 어쩌다 이렇게 망하게 되었는지 알고 싶어 하는 사람이 수두룩하거든요. 고객이 많은 셈이지요. 샌드위치와 한 잔의 맥주를 대접하는 사람에게는 술 때문에 망했다고 말해줍니다. 소금에 절인 소고기와 양배추, 커피를 내놓는 손님에게는 '무자비한 집주인—육 개월 간의 입원—실직 이야기'를 들려줍니다. 등심 스테이크와 숙박비로 25센트짜리 동전을 제공하는 손님은 재산을 서서히 날려버리고 몰락해간 월 스트리트의 비극 이야기를 들을 수 있지요. 그런데 이런 식의 정찬을 대접받는 건 처음이라서 그에 걸맞은 이야기는 준비된 게 없습니다. 차머스 씨, 만약 당신이 듣고 싶으시다면 제 진짜 이야기를 해드리겠습니다. 지어낸 이야기보다 더 믿기 어려우실 겁니다."

한 시간 후 이 아라비아 손님은 만족스러운 숨을 내쉬며 의자에 깊숙이 몸을 묻었다. 필립스가 커피와 시가를 내온 후 식탁을 치웠다.

"혹시 셰라드 플러머라는 이름을 들어보신 적이 있습니까?" 그가 야릇한 미소를 띠며 물었다.

"기억납니다." 차머스가 말했다. "화가였던 걸로 아는데요. 몇 년 전에 크게 이름을 떨쳤지요."

"5년 전입니다." 손님이 말했다. "이후 마치 납덩어리처럼 가라앉아 버렸지요. 제가 바로 셰라드 플러머입니다! 마지막으로 그린 초상화를 2,000달러에 팔았습니다. 그 이후로는 공짜로 초상화를 그려주겠다고 해도 아무도 나서지 않았습니다."

"무슨 문제가 있었나요?" 차머스는 묻지 않을 수 없었다.

"정말 이상한 일이었지요." 플러머는 침울하게 대답했다. "저 자신도 별로 납득이 되지 않으니까요. 한동안은 코르크처럼 둥둥 떠다니는 기분이었습니다. 상류층 사람들에게 이름이 나서 여기저기서 주문을 받았으니까요. 신문에서 저를 아예 상류 사회 화가라고 칭했습니다. 그런데 아주 이상한 일이 벌어지기 시작한 겁니다. 제가 그림을 완성할 때마다 그것을 본 사람들이 기묘한 눈길을 주고받으며 속삭였습니다.

저는 곧 뭐가 문제인지 알 수 있었습니다. 초상화 얼굴에 그 모델의 감추어진 본성을 끄집어내어 표현하는 재주가 제게 있었던 겁니다. 저도 영문을 알 수 없었습니다. 저는 그저 보이는 대로 그림을 그렸을 뿐입니다. 하지만 제 그림은 한결같이 그런 식이었습니다. 모델이 되었던 사람은 불같이 화를 내면서 심지어 초상화를 가져가지도 않았습니다. 한 번은 사교계에서 인기가 있는 어느 아름다운 귀부인의 초상화를 그린 적이 있었습니다. 그림을 완성하자 그 그림을 들여다본 남편의 얼굴에 묘한 표정이 떠오르더군요. 다음 주에 그는 곧바로 이혼 소송을 제기했습니다.

어느 저명한 은행가의 초상화를 그렸던 일도 생각이 납니다. 그 사람의 초상화가 내 작업실에 걸려 있을 때 지인 한 명이 와서 그 그림을 보았습니다.

'아니!' 그가 말했습니다. '그자가 정말 이렇게 생긴 거야?' 나는 그 그림을 최대한 실물에 가깝게 그렸다고 말했습니다. 그러자 그가 말했습니다. '전에는 눈에서 이런 표정을 못 봤어. 얼른 시내로 가서 은행 계좌를 바꿔야겠군.' 그는 급히 시내로 갔지만 이미 그의 은행 계좌도 은행가도 사라진 뒤였습니다.

"저는 얼마 되지 않아 일거리를 잃었습니다. 사람들은 누구나 자신의 비열한 부분이 그림에 나타나는 것을 원치 않았던 겁니다. 그들은 미소를 짓고 얼굴을 찡그려서 남들을 속일 수는 있지만 그림은 그럴 수 없었습니다. 이후 주문이 끊겼고 저도 포기할 수밖에 없었습니다. 한동안 신문 삽화를 그리거나 석판용 초상을 그리는 일을 했지만 그 일에서도 똑같은 문제가 발생했습니다. 사진을 보고 그려도 제 그림에서는 사진에서는 발견할 수 없었던 특징과 표정이 나타났습니다. 그것은 분명 그 사람의 본성이었습니다. 고객들, 특히 여성들이 격하게 항의하는 바람에 저는 그 어떤 일도 길게 할 수 없었습니다. 그래서 저는 스스로를 달래기 위해 오랜 친구인 독주(毒酒)의 가슴에 지친 머리를 기대고 쉬기 시작한 겁니다. 그리고 얼마 가지 않아 공짜 잠자리를 얻으려는 대열에 합류하게 되었고 공짜 음식을 얻어먹으려고 이야기나 지어내는 신세가 되었습니다. 오, 칼리프여! 이런 진실한 이야기는 따분하신가요? 원하신다면 월가의 재앙 이야기로 방향을 바꿀 수도 있습니다. 하지만 그런 이야기를 하려면 눈물 한 방울이 필요할 텐데, 이렇게 훌륭한 만찬 뒤에 그런 눈물을 짜내기가 아무래도 좀 어려울 것 같군요."

"아니, 아니." 차머스가 두 손을 열심히 저으며 말했다. "아주 재미있어요. 하나만 묻지요. 당신 그림들은 모두 불쾌한 특징만 드러냈나요? 당신의 그 독특한 붓이 주는 시련으로 고통을 받지 않은 사람은 없었나요?"

"없었냐고요? 있었지요. 아니, 있는 정도가 아니라 많았습니다." 플러머가 대답했다. "대개 아이들이었지요. 하지만 여자들도 많이 있었고 남자들도 꽤 있었습니다. 아시다시피 사람들이 전부 다 나쁜 사람은 아니지 않습니까? 사람이 문제가 없으면 그림도 문제가 없었습니다. 말씀드렸듯이 왜 그런지는 설명해 드릴 수 없지만 사실을 말씀드리는 겁니다."

차머스의 책상 위에는 그가 오늘 외국에서 받은 사진이 놓여 있었다. 10분 후 차머스는 플러머에게 그 사진을 모델로 파스텔 스케치를 그려달라고 부탁했다. 한 시간 후 미술가는 자리에서 일어나 피곤한 듯 기지개를 켰다.

"자, 다 됐습니다." 그는 하품을 하며 말했다. "너무 오래 걸려

죄송합니다. 너무 재미있는 작업이었습니다. 어이쿠, 그런데 너무 피곤하군요. 어제 잠자리를 구하지 못했거든요. 자, 칼리프여, 이제는 푹 자러 가봐야겠습니다."

차머스는 문 앞까지 배웅하며 그의 손에 지폐 몇 장을 쥐어 주었다.

"아, 네, 감사히 받겠습니다." 플러머가 말했다. "이게 다 제 운명에 포함된 일이니까요. 감사합니다. 저녁 식사도 감사합니다. 오늘 밤 푹신한 침대에서 잠을 자면서 바그다드 꿈을 꾸게 되겠군요. 아침에 일어나 한바탕 꿈이었음을 알게 되지나 않았으면……. 자, 안녕히 계십시오, 훌륭하신 칼리프시여!"

차머스는 다시 양탄자 위를 서성거렸다. 하지만 그의 심장 고동은 책상 위에 놓인 파스텔 스케치로부터 가능한 한 먼 곳에서 울리고 있었다. 두 번, 세 번 그는 그림 가까이 가려 했으나 그러지 못했다. 그는 암갈색과 금색 색채를 어렴풋이 볼 수는 있었지만 마치 두려움의 장막이 드리워져 있어 그의 접근을 막고 있는 것 같았다. 그는 자리에 앉아 진정하려 애썼다. 그는 갑자기 자리에서 튕겨 일어나더니 벨을 울려 필립스를 불렀다.

"이 건물에 젊은 화가가 살고 있지?" 그가 말했다. "미스터 라인만인가 하는 이름이던데……. 자네도 알고 있지? 어디 살고 있는지 알아?"

"꼭대기 층 정면 쪽입니다, 나리."

"어서 가서 내가 잠깐 좀 보자고 한다고 전해."

곧이어 라인만이 왔다. 차머스는 손수 그를 맞아들였다.

"라인만 씨," 그가 말했다. "저 책상 위에 파스텔 스케치가 한 장 있습니다. 저 그림의 예술적 가치가 어떤지, 괜찮은 그림인지 의견을 묻고 싶습니다."

젊은 화가는 책상으로 다가가서 스케치를 집어 들었다. 차머스는 몸을 반쯤 돌려 외면한 채 의자 등받이에 몸을 기댔다.

"어떻습니까?" 그가 천천히 물었다.

그러자 화가가 대답했다.

"아무리 칭찬해도 모자랄 정도의 스케치입니다. 거장의 작품입니다. 대담하고 섬세하며 진실합니다. 당황스러울 정도입니다. 수년 동안 이렇게 훌륭한 파스텔 스케치는 본 적이 없습니다."

"얼굴, 그러니까, 그 모델…… 그 실물에 대해서는…… 뭐라고 말할 수 있을지……."

"얼굴이요?" 라인만이 말했다. "하느님의 천사 얼굴입니다. 누군지 여쭤봐도 되겠습니까?"

"제 아내입니다!" 차머스가 몸을 홱 돌려 화가에게 덤벼들 듯

달려들며 외쳤다. 그는 놀란 화가의 손을 움켜잡더니 그의 등을 두드리며 말했다.

"지금 유럽 여행 중입니다. 자, 그 스케치를 갖고 가서 당신 필생의 역작 초상화를 한번 그려보시오. 값은 내가 알아서 쳐 드리지."

구두쇠 연인

구두쇠 연인

비기스트 백화점에는 3,000명의 여종업원이 있었다. 메이지도 그중 한 명이었다. 열여덟 살의 그녀는 신사들 장갑 매장에서 일하고 있었다. 이곳에서 그녀는 두 종류의 인간형에 대해 정통하게 되었다. 그중 하나는 자신의 장갑을 백화점에서 직접 구입하는 신사들 부류였고 다른 하나는 불운한 신사들을 위하여 장갑을 사주는 숙녀 부류였다. 인종에 대한 이런 폭넓은 지식 외에 메이지는 다른 정보들도 습득할 수 있었다. 메이지는 2,999명의 다른 여종업원들이 퍼뜨리는 지혜에 귀를 기울였으며 그것들을 몰타 고양이처럼 은밀하고 용의주도한 자신의 머릿속에 저장해 두었다. 아마도 그녀 곁에 현명한 조언자가 없으리라는 것을 예견한 자연이 그녀에게 미모와 더불어 영리함이라는 자질을 함께 부여했는지 모른다. 그녀는 여느 동물들의 것보다 더없이 귀한 모피에 꾀까지 부여받은 은빛 여우였다.

메이지는 그토록 아름다웠다. 그녀는 창가에서 버터케이크를 굽고 있는 귀부인처럼 차분한 자태를 지닌 짙은 금발의 여성이었다. 그녀가 비기스트 백화점 매대 안쪽에 서 있으면 손님들은 장갑 치수를 재기 위해 손을 내밀면서 청춘과 봄의 여신 헤베를 떠올렸고 다시 한번 그녀를 쳐다보면서 어떻게 저런 지혜의 여신 미네르바의 눈을 가질 수 있는 것인지 궁금해했다.

매장 감독이 쳐다보고 있지 않으면 그녀는 투티 프루티 과일 젤리를 씹어 먹었다. 그가 그녀를 바라보면 그녀는 구름이라도 바라보듯 허공을 응시하며 뭔가 그리워하는 듯한 아련한 미소를 지었다.

이것이 바로 여종업원의 미소이다. 당신이 큐피드의 희롱에 캐러멜처럼 녹아버리지 않을 만큼 단단하고 무감각한 마음으로 무장되어 있지 않은 한 그 미소를 피하기를 강력하게 권한다. 그 미소는 메이지의 개인적인 여가 시간에 속해 있는 것이지 백화점 소유가 아니다. 그런데도 매장 감독은 마치 자기가 그 미소의 주인인 양 행세하려 든다. 그는 이 백화점의 샤일록(셰익스피어의 「베니스의 상인」에 나오는 구두쇠 – 옮긴이 주)이다. 그가 매장 이곳저곳 기웃거리며 돌아다닐 때 그의 콧마루는 마치 유료 통행로와 비슷해진다. 아름다운 여직원을 바라볼 때 그의 눈은 음흉한 건달의 눈이 된다. 물론 모든 매장 감독들이 다 그렇다는 것은 아니니 오해 말기 바란다.

어느 날 화가이자 백만장자요, 여행가이며 시인인 동시에 자동차 애호가인 어빙 카터가 우연히 비기스트 백화점에 들어오게 되었다. 그가 자발적으로 들어온 것이 아니라는 점을 분명히 밝혀야 한다. 청동상과 테라코타 조각상에 홀려 있는 그의 어머니 때문에 자식으로서의 의무감에 멱살 잡혀 끌려오다시피 들어오게 된 것이다.

카터는 시간을 메우기 위해 장갑 매장을 향해 천천히 걸어갔다. 하긴, 실제로 그는 장갑을 살 필요가 있긴 했다. 장갑을 깜빡 잊고 두고 나온 것이다. 어쨌든 그는 장갑 매장을 향해 가는 자신의 행동에 대해 아무런 변명을 할 필요가 없었다. 장갑 매장에서 벌어지는 온갖 불장난에 대해서는 전혀 들은 바가 없었으니까.

자신의 운명 근처로 다가가면서 그는 잠시 망설였다. 지금까지 그가 전혀 모르고 있었던 큐피드의 그다지 고상하지 못한 장난이 벌이지고 있는 모습을 갑자기 보게 된 것이다.

요란하게 차려 입은 서너 명의 놈팡이들이 판매대 위에 몸을 기댄 채 장갑을 중매쟁이 삼아 꼴사나운 수작을 건네고 있었고 점원 아가씨들은 그들의 지휘에 따라 제2바이올린 역을 맡아, 교태라는 삐걱거리는 현을 켜고 있었다.

카터는 물러서고 싶었지만 이미 선을 넘은 뒤였다. 메이지가 매장 뒤에서 그를 맞으며 남극 바다에서 떠내려 온 빙산 위에서 반짝이는 햇빛처럼 차가우면서도 아름답고 따뜻한 그녀의 푸른 눈으로 그에게 묻는 듯한 표정을 보냈던 것이다.

바로 그 순간 화가이자 백만장자요, 기타 등등이기도 한 어빙 카터는 귀족적으로 창백한 그의 얼굴에 뜨거운 그 무언가가 치솟는 것을 느꼈다. 그러나 수줍음으로 얼굴이 달아오른 것은 아니었다. 그것은 근원적으로 지적인 것이었다. 그는 자신이 다른 판매대에서 킥킥거리는 아가씨들에게 추근거리는 그렇고 그런 젊은이들과 동급이 되었음을 홀연 알게 되었던 것이다. 즉 그는 자기도 모르는 새, 장갑을 판매하는 여성의 마음에 들기 위해 큐피드가 마련해준 대도시 밀회 장소인 참나무 판매대에 몸을 기대고 있었던 것이다. 그도 이제 빌이나 잭, 혹은 미키와 다를 바 없었다. 그는 갑자기 그들 모두를 향해 마음이 너그러워졌으며 그동안 자신을 키워온 관습에 대한 대담한 경멸감이 치솟았다. 그리고 아무런 주저 없이 이 완벽한 피조물을 자신의 것으로 만들어야겠다고 결심했다.

계산을 하고 장갑 포장이 끝난 뒤에도 카터는 잠시 꾸물거렸다. 메이지의 연분홍색 입술가의 보조개가 더 깊어졌다. 장갑을 산 거의 모든 신사들은 대개 그렇게 꾸물거렸다. 그녀가 마치 프시케의 팔 같은 블라우스 소매 속 그녀의 팔을 구부리더니 팔꿈치를 진열장 가장자리에 놓았다.

카터는 이제까지 자신을 완벽하게 통제할 수 없는 상황에 처한 적이 없었다. 하지만 지금 그는 빌이나 잭, 혹은 미키보다 더 어쩔 줄 모르고 있었다. 사교계에서는 이토록 아름다운 아가씨를 만나본 적이 없었다. 그는 책에서 읽거나 남들 이야기를 통해 들은 여종업원들에 대한 이야기를 상기해내려고 애썼다. 어찌어찌 애를 쓴 결과 그는 그녀들은 너무 엄격하게 격식을 차린 인사말에 별로 연연하지 않는다는 생각을 떠올릴 수 있었다. 이 사랑스럽고 순결한 존재에게 비관습적인 만남을 제안하겠다는 생각에 그의 가슴은 마구 뛰었다. 하지만 뛰는 가슴이 오히려 그에게 용기를 주었다.

그는 그녀와 일반적인 이야기들을 몇 마디 친절하게 주고받은 뒤에 판매대 위에 올려놓은 그녀의 손 옆에 자신의 명함을 놓았다.

"제가 너무 무례하다면 용서해주십시오." 그가 말했다. "하지만 당신을 한번 더 만나볼 수 있는 기회를 주시기를 간절히 원합니다. 거기 제 이름이 있습니다. 제가 당신과 친한…… 아니그냥 지인으로라도 지낼 수 있는 기회를 주신다면 정말 영광으로 알겠습니다. 제가 감히 넘볼 수 없는 특권을 바라고 있는 건가요?"

메이지는 남자들에 대해 잘 알고 있었고 특히 장갑을 사는 남자들에 대해서는 통달해 있었다. 그녀는 조금도 주저하지 않고미소 띤 솔직한 표정으로 그의 눈을 똑바로 바라보며 말했다.

"좋아요. 보통은 낯선 분들과 밖에서 만나는 일은 없지만요. 그건 숙녀답지 못한 일이잖아요. 언제 다시 만날까요?"

"빠르면 빠를수록 좋겠습니다." 카터가 말했다. "제가 댁으로찾아가도 된다면…… 저는……."

메이지가 웃음을 터뜨렸다. 마치 음악 멜로디 같은 웃음이었다.

"어머, 안 돼요!" 그녀가 단호하게 말했다. "우리가 사는 아파트를 한번 보신다면! 방 셋에 다섯 식구가 살아요. 거기 신사 친구분을 데려가면 엄마 얼굴이 어떻게 될지 한번 보고 싶네요!"

"그렇다면 당신에게 편한 곳 어디든 좋습니다." 사랑에 빠진 카터가 말했다.

"아, 그래요." 메이지가 복숭아 빛 얼굴에 좋은 생각이 떠올랐다는 표정을 지으며 말했다. "목요일 저녁이 제일 좋을 것 같아요. 7시 30분에 8번가와 48번가 교차로 모퉁이가 어떨까요? 제가 그 모퉁이 근처에 살아요. 11시까지는 집에 들어가야 하거든요. 엄마가 11시 이후에는 절대로 밖에 있지 못하게 해요."

카터는 약속을 지키겠다고 기쁘게 말한 다음 서둘러 어머니에게 갔다. 그의 어머니는 그녀가 구입하려는 청동상에 대해 카터의 자문을 받기 위해 그를 찾고 있었다.

눈이 자그마하고 코가 뭉툭한 여점원 한 명이 친근하면서도 짓궂은 미소를 띠고 메이지 곁으로 슬금슬금 걸어왔다.

"메이지, 너 단번에 저 양반을 사로잡은 거니?"

"초대를 받아들여달라고 간청하더라." 메이지가 카터의 명함을 블라우스 품속으로 슬쩍 밀어 넣으며 잰 체하는 표정으로 말했다.

"초대를 받아들여달라고!" 눈이 작은 여점원이 킬킬거리며 되풀이했다. "그래, 월도프 호텔에서 저녁하고 자동차로 한 바퀴 돌자고 했니?"

"얘, 그만해!" 메이지가 지겹다는 듯 말했다. "너 아주 건방 떠는 데 이력이 났구나. 그럴 거 하나도 없으면서. 지난번 소방차 운전기사가 중국 음식점에서 춥 수이(싸구려 음식을 뜻함 - 옮긴이 주)를 사준 뒤부터 그런단 말이야. 아니, 월도프 이야기는 한 마디도 없었어. 명함에 적힌 주소를 보니까 5번가더라. 어디 가서 저녁을 들더라도 주문 받는 웨이터가 변발을 하고 있지는 않겠지."

카터는 어머니와 함께 비기스트 백화점을 나와 자신의 전기식 소형차를 타고 가면서 가슴에 묵직한 통증을 느끼고 입술을 깨물었다. 스물아홉 생애 처음으로 사랑이 찾아온 것을 그는 알 수 있었다. 그리고 그 사랑의 대상이 그토록 선선하게 길모퉁이에서 만나기로 약속을 했다는 사실에, 비록 그것이 그의 소망에 한 걸음 가까이 가게 해준 것은 사실이라 할지라도, 뭔가 불안하고 괴로웠다.

카터는 여점원에 대해 아는 것이 없었다. 그는 그녀의 집이 겨우 몸을 움직일 만큼 비좁다는 사실, 그곳에 일가친척이 우글거린다는 사실을 전혀 알지 못했다. 길모퉁이는 바로 그녀의 현관이었으며 공원은 그녀의 거실이었고 큰 길은 정원에 난 산책로였다. 그렇지만 귀부인이 양탄자가 깔린 내실의 주인이듯이 그녀는 어느 모로 보더라도 그 모든 것들의, 감히 침범할 수 없는 주인이었다.

그들이 처음 만난 지 2주일이 지난 어느 날 땅거미가 질 무렵 카터와 메이지는 팔짱을 끼고 불빛이 흐릿한 어느 작은 공원을 거닐고 있었다. 그들은 나무 그늘이 드리워진 호젓한 벤치를 발견하고 그 자리에 앉았다.

그가 처음으로 팔을 들어 올려 부드럽게 그녀를 감쌌다. 그녀는 황금색 머리를 편하게 그의 어깨에 기댔다.

"어쩜!" 메이지가 고맙다는 듯 한숨을 내쉬며 말했다. "왜 전에는 이럴 생각을 못했어요?"

"메이지," 카터가 진지하게 말했다. "내가 당신을 사랑한다는 걸 알 거요. 나와 결혼해줘요. 진심이오. 이제 나를 충분히 잘 알게 되었으니 의심할 것도 없을 거요. 나는 당신을 원하고, 꼭 당신을 차지하고 싶소. 우리들의 신분 차이 따위는 아무 문제도 될 게 없소."

"어떤 게 차이가 나는데요?" 메이지가 궁금하다는 듯 물었다.

"글쎄, 실제로는 없을지도……." 카터가 재빨리 말했다. "그런 건 어리석은 사람들 마음에나 존재하는 거니까. 나는 당신에게 호사스러운 삶을 살게 해줄 수 있소. 사회적 지위도 확고하고 재산도 충분하오."

"다들 그런 말을 하지요." 메이지가 말했다. "그런 식으로 사기를 치는 거예요. 제가 보기에 당신은 정육점에서 일하거나 경마장에 드나드는 사람 같아요. 저는 보기보다 어수룩하지 않아요."

"당신이 원하는 증거는 모두 갖다줄 수 있소." 카터가 점잖게 말했다. "메이지, 나는 당신을 원하오. 당신을 처음 본 순간 사랑하게 되었소."

"다들 그렇게 말해요." 메이지가 재미있다는 듯 웃으며 말했다. "저를 겨우 세 번 만나고 제게 달라붙는 남자는 저도 그 사람에게 홀딱 반했다고 생각하고 있겠지요."

"제발 그런 식으로 말하지 말아요." 카터가 애원조로 말했다. "내 말을 좀 들어봐요. 당신 눈을 처음 본 순간 당신이 내게 이 세상에서 유일한 여자가 된 거요."

"에이, 이런 거짓말쟁이 같으니!" 메이지가 여전히 웃으며 말했다. "대체 지금까지 몇 명의 여자에게 그런 말을 한 거예요?"

하지만 카터는 끈질겼다. 그리고 마침내 그는 그녀의 사랑스러운 가슴속 깊은 곳 어딘가에서 연약하게 파닥이고 있는 그녀의 작은 영혼에 가 닿을 수 있었다. 그의 진지한 말들이 가벼움이라는 갑옷으로 무장한 그녀의 가슴을 뚫고 깊은 곳까지 이른 것이다. 그녀는 비로소 진지한 눈으로 그를 바라보았다. 그녀의 차가운 뺨이 따스한 온기로 달아올랐다. 그녀의 나방 같은 날개들이 떨면서 날갯짓을 접고 사랑이라는 꽃 위에 내려앉았다. 그녀의 장갑 판매대 건너편에 있던, 희미한 삶의 빛과 그 가능성이 그녀 위에서 동트기 시작했다. 카터는 그 변화를 느끼고 기회를 잡으려고 더 밀고 나갔다.

"메이지, 나와 결혼해주오." 그가 부드럽게 속삭였다. "그런 후 이 추한 도시를 떠나 멀리 아름다운 도시로 갑시다. 일이나 사업 같은 건 다 잊고 인생을 기나 긴 휴일로 만듭시다. 당신을 어디로 데려갈 것인지 나는 알고 있습니다. 이미 그곳에 여러 번 가봤으니까요. 영원히 여름이 이어지는 해변, 언제나 파도가 밀려오는 아름다운 해변, 사람들이 아이들처럼 행복하고 자유로운 그런 해변을 상상해봐요. 우리 그곳까지 돛배를 타고 가서 당신이 원하는 만큼 그곳에서 지냅시다. 그 멀리 있는 도시들 중에는 아름다운 그림들과 조각들이 가득한 웅장하고 멋진 궁전과 탑들이 있는 곳이 있습니다. 그 도시는 물길이 도로를 대신하고 있고 사람들이 타고 다니는 건……."

"저도 알아요." 메이지가 갑자기 똑바로 자세를 고치며 말했다. "곤돌라지요."

"맞아요." 카터가 미소 지었다.

"그럴 줄 알았어요." 메이지가 말했다.

"그다음에는," 카터가 계속 말했다. "계속 여행을 하면서 이 세상에서 원하는 건 다 구경하는 겁니다. 유럽 도시들 다음에 인도를 방문해서 그곳의 고도(古都)들을 찾아보고 코끼리 등에도 올라타보고 멋진 힌두교 사원도 둘러보고 승려들도 만나봅시다. 일본의 정원을 구경하고 페르시아의 낙타 행렬과 전차(戰車) 경기를 비롯해 여러 나라들의 온갖 진귀한 것들을 다 돌아봅시다. 멋질 것 같지 않아요, 메이지?"

메이지가 자리에서 일어났다.

"그만 집으로 가는 게 좋겠어요." 그녀가 쌀쌀맞게 말했다. "너무 늦었어요."

카터는 그녀를 달랬다. 그는 그녀가 민들레 솜털처럼 가볍게 변덕이 죽 끓듯 한다는 것을, 그녀의 기분을 바꾸려 해보았자 아무 소용이 없다는 것을 알게 되었다. 하지만 그는 어느 정도 행복한 승리감을 맛보았다. 그는 비록 명주실처럼 가느다란 끈으로나마 종잡을 수 없이 퍼덕이는 그의 프시케의 영혼을 잠시 붙잡을 수 있었던 것이며, 그로 인해 희망에 부풀어 올랐다. 그녀가 날개를 접고 차가운 그녀의 손을 그의 손 위에 얹었던 것이다.

다음 날 비기스트 백화점. 메이지의 단짝인 루루가 매장 모퉁이에서 그녀를 불러 세웠다.

"얘, 그 멋진 친구랑 잘 돼가니?" 루루가 물었다.

"그 사람?" 메이지가 곱슬곱슬한 옆머리를 쓰다듬으며 말했다. "다 끝났어. 루, 글쎄, 그 인간이 내게 뭐라고 한지 아니?"

"왜, 배우가 되라고?" 루루가 숨을 헐떡이며 물었다.

"흥, 그 정도가 아냐. 너무 짠돌이야. 글쎄, 나보고 결혼하자며 신혼여행을 코니아일랜드로 가재!"

카 페 안 의 세 계 인

카페 안의 세계인

자정이 되었는데도 카페는 붐볐다. 우연이었는지 내가 앉아 있는 테이블은 사람들 눈에 별로 띄지 않았고 덕분에 두 개의 빈 의자가 친절하게 두 팔을 벌려 손님이 와서 앉아주기를 기다리고 있었다.

그런데 어느 세계주의자가 그중 한 자리에 앉게 되었다. 나는 반가웠다. 아담 이래로 이 세상에 진정한 세계 시민은 존재하지 않는다는 것이 나의 지론인 때문이었다. 우리는 그런 사람이 있다는 이야기를 듣기도 하고 외국어 라벨이 붙어 있는 수많은 여행 가방을 보기도 한다. 하지만 정작 만나는 것은 세계주의자가 아니라 단순한 여행객일 뿐이다.

우선 카페 안의 풍경을 머릿속에 그리기 바란다. 대리석 탁자, 벽에 붙어 있는 가죽 소파, 즐거운 손님들, 거의 정장 차림으로 취미와 경제와 부와 예술에 대해 세련된 말투로 입을 맞춰 이야기하고 있는 여자들, 팁을 받으려고 부지런히 돌아다니는 종업원들, 모든 사람들의 취향에 맞추기 위해 동원된 온갖 종류의 음악들, 떠드는 소리, 웃음소리, 뾰족하고 긴 잔에 담겨 있는 맥주. 어느 조각가가 이곳 풍경이 정말로 파리적이라고 했다지.

내 앞에 앉은 세계주의자의 이름은 러시모어 코글란이었다. 그는 이듬해 여름부터 코니아일랜드에서 자신의 이름을 들을 수 있을 것이라고 했다. 그는 새롭게 인기를 끌게 될 굉장한 오락거리들을 그곳에 제안할 예정이라고 말했다.

이어서 그의 이야기는 지구상의 온갖 위도와 경도를 넘나들었다. 그는 거대하고 둥근 세상을 그의 손에 쥐락펴락했다. 말하자면 마치 지구 전체를 과일 칵테일 속의 체리처럼 친근하면서도 우습게 여겼다. 그는 적도에 대해 우습다는 듯 말했고, 대륙에서 대륙으로 넘나들었으며, 한대와 열대를 비웃었고 대양(大洋)을 냅킨으로 닦았다. 그는 손을 흔들며 인도의 하이더배드 시장 이야기를 하더니 휙, 어느새 라플란드에서 스키를 타고 있었고 순식간에 남태평양으로 옮겨가 카나카 족과 함께 킬라

이카히키섬 주변에서 파도 위를 넘실거렸다. 그러더니 아칸소주의 참나무 늪 사이로 나를 끌고 다니더니 아이다호의 알칼리성 평원에서 잠시 옷을 말리고는 비엔나 대공들의 사교계에 뛰어들었다. 그가 시카고 호수의 미풍에 감기에 걸리자 부에노스아이레스에서 카밀라 노인이 추출라 차로 치료해주었다. 그에게 '우주, 태양계, 지구, 러시모어 코글란 씨 앞'이라고 주소를 써서 우편물을 보내도 제대로 배달될 것만 같았다.

나는 마침내 아담 이래 진정한 세계인을 만났다고 생각하고 그의 전 세계적인 강론에 귀를 기울였다. 그의 강론을 들으면서 혹시 그 안에 단순히 세계 각 지역을 돌아다닐 뿐인 평범한 지역인의 색채가 묻어날까봐 두려웠던 것도 사실이다. 하지만 그의 의견은 가볍게 흔들리거나 꺾이는 적이 결코 없었다. 그는 마치 바람이나 중력처럼 모든 도시들, 국가들, 대륙들에 대해 절대로 편파적이지 않았다.

러시모어 코글란이 그의 자그마한 행성에 대해 쉴 새 없이 이야기를 늘어놓는 사이 나는 전 세계를 위해 시를 썼고 봄베이를 위해 헌신했던 한 준(準) 세계주의자 시인을 즐거운 마음으로 회상하고 있었다. 키플링은 그의 시에서 지구상의 도시들 간에는 자존심과 경쟁심이 있다고 썼으며 "어느 한 도시에서 성장한 사람은 그가 아무리 여러 곳을 돌아다니더라도 마치 어린아이가 엄마의 치맛자락에 매달리듯 그 도시에 매달린다"라고 썼다. 그리고 시끄러운 미지의 거리를 걸을 때마다 자신의 고향을 떠올리며 그곳이 가장 믿음직하고 어리숙하며 사랑스러운 곳이라고 여기고, 그 이름만 들어도 끈끈하게 연결되어 있는 유대감 같은 것을 느끼기 마련이라고 썼다.

나는 코글란이라는 이 세계인의 이야기를 들으면서 몹시 즐겁고 흥분되었다. 키플링이 멍청한 소리를 한 것 같은 때문이었다. 나는 지금 이곳에서 흙으로 빚어지지 않은 사람을 비로소 만난 것이었다. 자기 고향이나 조국을 자랑하는 편협한 마음을 갖지 않은 사람, 만일 그가 자랑을 하더라도 화성이나 달에 사는 주민들을 향해 이 둥근 지구 전체를 자랑할 사람을 만난 것이었다.

세계인 코글란 씨의 이야기가 갑자기 빨라졌다. 그가 내게 시베리아 철도 변의 지형에 대해 묘사하는 중에 밴드의 연주가 메들리로 넘어간 때문이었다. 마지막 곡 「딕시」가 흘러나오고 흥이 절정에 달하자 연주 소리는 거의 모든 테이블에서 울려 퍼지는 박수 소리에 묻혀버렸다.

이런 식의 볼 만한 광경은 뉴욕이라는 도시의 수많은 카페에서 매일 목격할 수 있다. 눈 깜짝할 사이에 몇 톤의 술이 소비된다. 뉴욕에 살고 있는 미국 남부 출신 사람들은 해가 떨어지기 무섭게 모두 카페로 몰려드는 것 같다고 성급하게 추측하는 사람이 있을 정도다. 미국 북부의 이 도시에 왜 이런 '반역적'인 분위기가 형성되었는지 설명한다는 것은 쉬운 일이 아니지만 전혀 답을 찾을 수 없는 수수께끼는 아니다. 스페인과의 전쟁, 몇 해에 걸친 박하와 수박 농사 풍년, 뉴올리언스 경마장에서 터진 대박, 인디애나주와 캔자스주 사람들로 이루어진 노스캐롤라이나 동향회에서 벌인 화려한 파티 덕분에 맨해튼에서 잠시 미국 남부 분위기가 유행한 것이다.

아직 「딕시」 연주가 이어지고 있을 때 검은 머리의 청년 한 명이 남부군 게릴라처럼 야호! 하고 고함을 지르며 어디선가 튀어나오더니 테두리가 부드러운 모자를 광적으로 흔들었다. 이어서 그는 연기 자욱한 실내를 가로지르더니 비어 있는 우리 테이블 의자에 앉아 담배를 빼어 물었다.

저녁은 긴장했던 마음이 풀어지는 시간이다. 우리들 중 누군가가 웨이터에게 맥주 세 잔을 주문했다. 검은 머리의 청년은 주문에 자신의 몫도 포함되었다는 걸 알고 미소를 지으며 고개를 끄덕여 인사했다. 나는 평소의 지론을 확인해보고 싶은 생각에 그에게 서둘러 물었다.

"실례지만 어디 출신인지 물어도 될……."

순간 러시모어 코글란이 주먹으로 탁자를 쾅 내리치는 바람에 나는 입을 다물 수밖에 없었다.

그가 말했다.

"미안하지만 그런 식의 질문은 듣고 싶지 않군요. 아니, 출신이란 게 뭐 그리 중요합니까? 그래, 사람을 주소로 판단한다는 게 옳은 일입니까? 나는 위스키를 싫어하는 켄터키 사람도 본 적이 있고 포카혼타스의 후손이 아닌 버지니아 사람도 만난 적이 있습니다. 소설을 써본 적이 없는 인디애나 사람도 만났으며 솔기에 은화를 박지 않은 멕시코 사람도 만난 적이 있습니다. 재미있는 영국 사람도 만났고 돈을 흥청망청 쓰는 양키도 보았으며 냉정한 남부 사람도 본 적이 있습니다. 밴댕이 속 같은 서부 사람도 만난 적이 있고 너무 바쁜 나머지 길거리에 한 시간쯤 서서 외팔이 점원이 힘들여 봉투에 딸기 담는 모습을 지켜보지 못하는 뉴욕 사람도 본 적이 있습니다. 사람은 그저 사람이지, 어느 출신이라는 딱지를 붙여 핸디캡을 주면 안 됩니다."

"죄송합니다." 내가 말했다. "하지만 내 호기심이 순전히 터무늬없는 건 아닙니다. 나는 「딕시」가 연주될 때 유심히 살펴봅니다. 그 곡이 흘러나올 때 눈에 띄게 열광하며 박수를 치는 사람들은 대개 뉴저지주 시코커스 출신이거나, 이 도시의 머레이힐 극장과 할렘강 사이 지구에 사는 게 분명하다고 믿고 있거든요. 저는 제 생각이 맞는지 확인하고 싶어 이 젊은 신사분께 물어보려던 것입니다. 그런데 당신께서 정말 고차원적인 이론을 들고 나오시는 바람에…….”

그러자 검은 머리 청년이 내게 말을 걸었다. 그 역시 고향이라는 레테르에 따르지 않고 자기 나름대로의 루틴을 따라 생각하고 행동하는 것이 분명했다.

“저는 한 마리 페리윙클 새가 되어 높은 산마루에 앉아 룰루랄라 노래를 부르고 싶어요.”

그러자 코글란이 다시 입을 열었다.

“나는 지구를 열두 바퀴나 돌았습니다. 나는 넥타이를 사오라고 사람을 신시내티에 보내는 유퍼나빅의 에스키모를 알고 있습니다. 또 미시간주 배틀크리크에서 열린 ‘아침 식단 알아맞히기 퍼즐 게임’에서 우승한 우루과이 목동도 보았습니다. 나는 카이로와 이집트에서 방을 빌린 적도 있었고 요코하마에서 1년 내내 지낸 적도 있었습니다. 상하이 찻집에서 구두를 벗고 슬리퍼로 갈아 신은 적도 있었습니다. 하지만 그곳에서 리우데자네이루와 시애틀에서는 계란을 어떻게 요리하는지 설명할 필요가 없었습니다.

정말로 세상은 좁습니다. 내 고향이 북부인지 남부인지, 산골짜기에 커다란 별장이 있는지, 클리블랜드의 유클리드가(街) 출신인지 로키 산맥의 페어팩스 출신인지, 홀리건 평원 출신인지 뽐낸다고 해서 대체 무슨 소용이 있습니까? 그저 우리가 우연히 태어난 곳이라는 이유 때문에 첩첩산중 마을이 어떻고, 10에이커에 달하는 광활한 습지가 어떻고 떠들어대는 바보짓을 그만둘 때에 이 세상은 보다 좋은 세상이 될 겁니다."

"당신은 정말로 진정한 세계인인 것 같군요." 내가 경탄의 어조로 말했다. "하지만 애국심을 너무 깎아내리시는 것처럼 보입니다."

"그런 건 석기시대 유물입니다." 코글란이 흥분한 어조로 단언했다. "우리는 모두 형제입니다. 중국인이건, 영국인이건, 줄루족이건, 파타고니아인이건, 캔자스시티 코강에 살고 있는 사람이건 말입니다. 머지않아 도시와 주, 지역과 국가에 대한 보잘것없는 자만심은 흔적 없이 쓸려나가고 우리는 세계 시민이 될 것이며, 반드시 그렇게 되어야 합니다."

"하지만 낯선 땅을 돌아다니면서 어딘가 그리운 곳이 떠오르지는 않았나요? 특별히 애착이 간다든지……."

"절대로 없습니다." 코글란이 경박하게 내 말을 도중에 잘랐다. "지구라고 알려진 이 둥근 행성 덩어리, 양극이 조금 눌려 있는 이 땅 덩어리가 나의 거처입니다. 나는 해외에서 목적의식에 묶인 이 나라 사람들을 많이 만났습니다. 달빛을 받으며 곤돌라에 앉아 자기네 운하 자랑이나 떠벌이고 있는 시카고 사람도 만났습니다. 어떤 남부 사람이 영국의 국왕을 만나는 자리에서 두 눈 하나 깜빡이지 않고 자기 외가 쪽 대고모가 찰스턴 퍼킨스 가문과 혼인으로 맺어진 사이라고 떠벌이는 꼴도 봤습니다. 어떤 뉴욕 사람이 아프가니스탄 강도들에게 납치되어 몸값을 요구당한 경우도 나는 알고 있습니다. 그는 지인들이 돈을 내준 덕분에 협상가와 함께 카불로 돌아왔습니다.

'아프가니스탄 사람들이었나요?' 그곳 주민들이 통역관을 통하여 그에게 물었습니다. '너무 늦게 풀려난 것이나 아닌지요?'

그러자 그는 '잘 모르겠습니다'라고 대답하고는 브로드웨이 6번가의 택시 운전기사에 대한 이야기만 늘어놓았습니다. 이런 건 도무지 제 체질에 맞지 않습니다. 저는 지름이 12,000킬로미터에 미달하는 그 어떤 것에도 묶여 있지 않습니다. 그저 나를 지구 행성의 시민 러시모어 코글란으로 기억해주시기 바랍니다."

나의 세계인은 거창하게 작별 인사를 한 후 우리 곁을 떠났다. 잡담과 담배 연기가 난무하는 곳에서 누군가 아는 사람을 본 모양이었다. 나는 페리윙클이 되고 싶은 젊은이와 단둘이 남았다. 그는 산마루에서 아름다운 노래를 할 수 없을 지경으로 계속 술을 마셨다.

나는 이 의심의 여지없는 세계인에 대한 생각에 빠져, 키플링이 어떻게 이런 사람을 노래하지 않았는지 의아하게 생각했다. 그는 나의 새로운 발견이었고 나는 그를 믿었다. '어느 한 도시에서 성장한 사람은 그가 아무리 여러 곳을 돌아다니더라도 마치 어린아이가 엄마의 치맛자락에 매달리듯 그 도시에 매달린다'라고? 러시모어 코글란은 결코 그렇지 않았다. 그에게는 전 세계가……

그때 카페 한쪽에서 들려온 요란한 소음과 말다툼 때문에 내 명상이 깨지고 말았다. 의자에 앉아 있는 사람들 머리 너머로 코글란이 낯선 사람과 싸우고 있는 모습이 보였다. 그들은 식탁을 사이에 두고 타이탄처럼 싸우고 있었다. 유리잔이 깨졌고 사람들이 모자를 들고 일어나다가 얻어맞고 바닥에 쓰러졌다.

갈색 머리 아가씨가 비명을 질렀고 금발의 아가씨는 「놀리기」라는 노래를 부르기 시작했다.

학익(鶴翼)형을 이룬 웨이터들이 두 싸움꾼을 밖으로 끌어냈다. 나의 세계인은 그렇게 끌려 나가면서도 끝까지 자존심과 당당함을 잃지 않고 있었다. 그는 끝까지 저항했다.

나는 매카시라는 이름의 프랑스인 웨이터를 불러서 어쩌다 싸움이 벌어졌느냐고 물었다. 그러자 그가 대답했다.

"빨간 넥타이를 맨 분이(바로 나의 세계인이었다) 갑자기 화를 벌컥 냈어요. 누군가가 그의 고향의 보도(步道)와 수도 공급이 형편없다고 흉을 보았거든요."

"뭐야?" 나는 당황해서 말했다. "그 사람은 세계 시민인데……, 세계인이란 말이야. 그 사람은……."

"그분 말로는 메인주의 마타왐키그 출신이랬어요."

매카시가 말을 이었다.

"누구든 자기 고향을 헐뜯는 놈은 가만 두지 않겠대요."

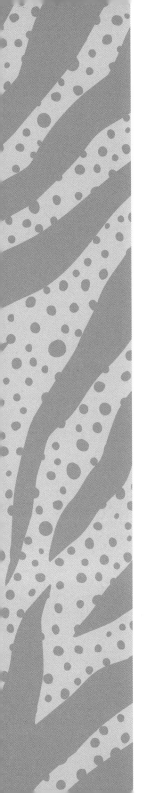

비법의 술

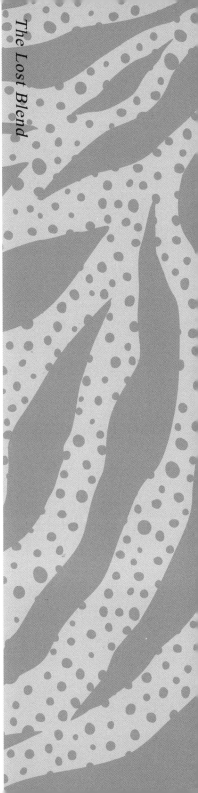

비법의 술

    술집이 성직자들의 축복을 받고 있으며 높으신 분들이 저녁 식사를 칵테일 건배로 시작하니 술집에 대해 이야기를 해도 별로 실례가 되지는 않으리라. 엄격한 금주주의자들은 듣지 않아도 괜찮다. 하지만 10센트짜리 동전만 넣으면 마티니 한 잔이 나오는 슬롯머신 같은 음식점은 언제 어디에나 널려 있다.

    콘 랜트리는 키닐리 카페에서 일하는 젊은이였다. 그는 술과는 직접적인 관련이 없는 일을 하고 있었다. 당신과 내가 한쪽 편에서 거위처럼 외발로 서서 일주일 치 급료를 기꺼이 탕진하고 있다. 하지만 그 반대편에서 깨끗하고 얌전하며 명석하고 친절하며 믿음직한 젊은이 콘은 하얀 재킷을 입고 정확하게, 그리고 책임감 있게 우리들의 돈을 챙기고 있다.

이 술집은(축복받은 것인지 저주받은 것인지는 모르겠지만) 거리 한복판이 아니라 '플레이스'라 불리는 작은 평행 사변형 공간에 자리 잡고 있었으며 그곳에는 세탁소 주인들과 몰락한 네덜란드 이주민들과 보헤미안들이 서로 안면도 트지 않은 채 지내고 있었다.

키닐리와 그 가족들은 이 카페 위층에서 살아가고 있었다. 그의 딸 캐서린은 아일랜드인의 검은 눈을 하고 있었다. 하지만 그녀의 눈이 어떻게 생겼건 여러분은 신경을 꺼주기 바란다. 여러분에게는 여러분의 제럴딘과 엘자앤이 있지 않은가? 캐서린은 콘이 꿈꾸고 있는 여자였다. 그녀가 뒤쪽 계단 근처에서 부드러운 목소리로 저녁 식사용으로 맥주를 갖다달라고 하면 그의 심장은 마치 칵테일 셰이커 속의 우유 펀치처럼 마구 요동쳤다. 로맨스에는 질서 정연한 규칙이 있다. 당신이 주머니 속의 돈을 다 털어 바에서 위스키를 마시면 바텐더가 그 돈을 챙긴다. 그리고 그 바텐더는 주인의 딸과 결혼하고 그것으로 만사 끝이다.

하지만 콘의 경우는 그렇지 않았다. 여자들 앞에만 서면 혀가 얼어붙고 얼굴이 새빨개지기 때문이었다. 그는 자줏빛 펀치에 취해 시끄럽게 떠드는 젊은 친구들을 눈길 하나로 제압할 수 있었고 난동을 부리는 자들을 레몬 압착기로 내려칠 수 있었으며 시비꾼들을 눈 하나 깜짝 않고 배수구에 처박을 수 있는 사람이었다. 하지만 여자 앞에만 서면 말 한 마디 못 했으며 어쩔 줄 모르는 채 더듬거렸고 수줍음과 고통이라는 눈사태에 파묻혀버렸다. 그러니 캐서린 앞에서는 어떠했겠는가? 달콤한 고백의 말은커녕 할 말을 찾지 못해 부들부들 떨기만 했다. 그는 여신 앞에서 날씨 이야기나 겨우 떠듬거리는, 완전히 반병어리 연인이었다.

키닐리의 집에 라일리와 맥쿼크라는, 얼굴이 햇볕에 그을린 두 남자가 들어섰다. 그들은 키닐리와 긴히 이야기를 나누더니 카페 뒤편에 있는 빈방을 차지하고 들어앉았다. 그들은 그 방에 병들과 긴 관(管)들, 주전자와 비커들을 잔뜩 들여 놓았다. 그 방에는 카페에서 사용하는 모든 기구들과 온갖 술이 다 있었지만 그들은 술을 마시지는 않았다. 그들은 하루 종일 방에 처박혀 이름도 모를 온갖 종류의 술을 따르고 섞었다. 라일리는 학교깨나 다녔는지 종이들을 쌓아놓고 열심히 계산을 하며 갤런을 온스로 쿼트를 그램으로 환산해 적었다. 맥쿼크는 눈이 붉게 충혈된 채 실패한 혼합주를 하수구에 버리면서 낮고 굵은 음성으로 욕설을 내뱉었다. 그들은 마치 원소들을 배합해 금을 얻으려 애쓰는 두 명의 연금술사처럼 어떤 신비스러운 용액을 얻으려고 쉬지 않고 힘겹게 일했다.

어느 날 저녁, 근무를 마친 콘이 이 방으로 천천히 들어서고 있었다. 아무에게도 술을 팔지 않는 이 이상한 바텐더들, 매일 키닐리의 술 창고에서 술들을 가져다 아무 소득도 없는 실험을 계속하고 있는 이 바텐더들에게 직업적 호기심이 발동했던 것이다.

그때 뒤쪽 계단으로 캐서린이 아일랜드 그위바라만 위로 떠오르는 태양처럼 환한 미소를 지으며 아래로 내려오고 있었다.

"안녕하세요, 랜트리 씨." 그녀가 말했다. "오늘 뭐 좋은 소식 없나요?"

"비, 비가 올 것 같습니다." 콘은 부끄러움에 벽 쪽으로 물러서며 더듬거렸다.

"좋은 소식이네요." 캐서린이 말했다. "한 방울의 물보다 좋은 건 없지 않겠어요?"

방 안에서는 라일리와 맥쿼크가 마치 턱수염을 기른 마법사처럼 이상한 배합물을 열심히 만들고 있었다. 그들은 라일리의 계산에 따라 50개의 병에서 술들을 조심스럽게 따른 다음 그것들을 큰 그릇에 넣고 흔들었다. 그런 후 맥쿼크가 욕설을 내뱉으며 그것들을 쏟아버린 다음 다시 작업을 시작했다.

"자, 앉아요." 라일리가 콘에게 말했다. "이야기해주겠소."

"지난여름이었소. 팀(매쿼크의 이름)과 나는 니카라과에서 미국식 바를 열면 돈을 벌 수 있으리라고 생각했소. 니카라과 해안가 마을에서 먹을 거라곤 키니네뿐이었고 마실 거라곤 럼주뿐이었거든. 원주민이건 외국인이건 으스스 떨면서 잠자리에 누웠다가 고열로 눈을 뜨는 곳이었소. 그런 열대병에는 잘 배합된 칵테일 한 병보다 좋은 약은 없지.

우리는 뉴욕에서 좋은 술들과 칵테일 기구들을 구해 배에 싣고 산타 팔마를 향해 떠났소. 항해 도중 팀과 나는 날치도 보았고 선장, 선원들과 카드놀이도 하면서 이미 남회귀선의 칵테일왕이 된 것 같은 기분에 젖어 있었다오.

그곳에 도착하기까지 다섯 시간 정도 남겨두었을 때였소. 우리에게는 술은 많았지만 돈은 얼마 없었소. 그런데 선장이 우리를 우현 보드 쪽으로 부르더니 몇 가지 사실을 알려주었소.

'이보게들, 내가 깜빡 잊고 이야기해주지 못한 게 있어. 니카라과에서는 수입 물품에 48퍼센트의 관세를 물린다네. 대통령이 신시내티의 헤어토닉을 타바스코 소스로 착각해서 생긴 손해를 마련하겠다는 심산이지. 하지만 통에 든 물건은 면세라네.'

'미리 말씀해주셨어야지요.' 우리가 볼멘 목소리로 말했지만 이미 늦었소. 우리는 선장에게서 160리터들이 통을 두 개 사서, 술병의 술들을 모두 거기 부어버렸소. 48퍼센트의 관세를 물고 나면 파산할 게 뻔했거든. 술을 모두 내버리는 것보다는 나으리라는 생각에 되는대로 1,200달러어치의 칵테일을 만든 거요.

상륙한 후 우리는 통 하나를 열었소. 칵테일은 최악이었소. 싸구려 식당에서 내놓는 완두콩 수프 색이었고 하는 일이 잘 안되어 가슴이 아플 때 고모가 커피 대용으로 내주는 음료 맛이었소. 흑인 한 명에게 시음을 해주었더니 그는 사흘간을 코코넛 나무 아래서 발뒤꿈치로 모랫바닥을 두드리며 뻗어 있었다오. 품질 보증 사인을 거부한 셈이었지.

그런데 다른 통의 술은! 이봐요, 바텐더, 당신, 노란 띠를 두른 밀짚모자를 쓰고 주머니에는 800만 달러를 넣은 채 아름다운 아가씨와 애드벌룬을 타고 하늘로 두둥실 날아올라가 본 적이 있소? 그 술을 서른 방울만 마시면 바로 그런 기분에 젖을 거요. 손가락 두 마디만큼만 입에 넣어도 누구나 얼굴을 두 손에 묻고 울게 될 판이었소. 세계 챔피언 권투 선수도 한 방에 때려눕힐 수 있을 것 같은 기분이 되는 거지.

그렇소. 그 두 번째 통에 들어 있는 칵테일은 전투와 돈과 화려한 인생의 정수를 뽑아낸 것이었소. 황금색에 유리처럼 맑았고 마치 어둠이 찾아온 후에도 태양이 여전히 그 안에서 빛나고 있는 것 같았소. 당신이 그런 술을 얻으려면 바텐더로 1,000년은 더 일해야 할 거요.

우리는 그 술로 장사를 시작했소. 말도 마시오. 온갖 혈통의 그 나라 높으신 분들이 꿀벌 통에 벌들이 몰리듯 몰려들었소. 만일 그 술이 무진장 있었다면 그 나라는 세계에서 가장 위대한 나라가 되었을 거요. 우리가 아침에 술집 문을 열면 장군과 대령들, 전직 대통령과 혁명주의자들이 술을 마시기 위해 한 블록 이상 줄을 서서 기다렸소. 우리는 처음에는 한 잔에 50센트씩 받고 술을 팔았소. 하지만 마지막 40리터는 한 모금에 5달러씩 받았소. 정말 기막힌 술이었지. 남자에게는 용기와 야망을 갖게 해주었고 무슨 일이든 해볼 배포가 생기게 해주었소. 닳아빠진 헌 돈이건 조폐 공사에서 갓 나온 빳빳한 새 돈이건 상관 않고 돈을 마구 쓰게 만들었지. 이 술이 반통 정도 없어졌을 때 니카라과 정부는 국가 채무 지불을 거절했고 담배 관세를 없앴으며 미국과 영국을 상대로 선전포고를 할 정도까지 되었다오.

우리는 그 음료의 제왕을 우연히 발견한 것이지만 운만 따라 준다면 다시 발견할 수 있으리라 생각했소. 우리는 열 달 동안 노력했소. 정말 긴 시간이었지. 우리는 알려진 술이란 술은 모두 섞어서 시도해보았소. 우리가 그동안 허비한 위스키, 브랜디, 리큐어, 비터즈, 진과 와인이면 술집 열 곳은 차리고도 남았을 거요. 오, 그 영광의 술이 세상에 나오기를 거부하고 있다니! 정말 너무나 슬픈 일이고 금전적으로도 큰 손해이지요. 미국은 국가적으로 그런 술을 환영할 것이며 기꺼이 사들일 거요."

그사이에도 매쿼크는 라일리가 연필로 계산해준 방법에 따라 여러 가지 알코올을 계량해서 한곳에 조금씩 붓고 섞었다. 그렇게 섞인 술은 얼룩덜룩 불쾌한 초콜릿색 반점이 나 있었다. 매쿼크는 맛을 본 후에 욕설을 내뱉으면서 하수구에 부어버렸다.

"사실이라면 정말 신기한 이야기로군요." 콘이 말했다. "저는 이제 저녁을 들러 가야겠습니다."

"한입 마셔봐요." 라일리가 말했다. "여기는 그 잃어버린 술 외에는 다 있으니까요."

"저는 한 방울도 못 마십니다." 콘이 대답했다. "물보다 독한 건 전혀 못 마십니다. 방금 전에 캐서린 양을 계단에서 만났습니다. 그녀가 '한 방울의 물보다 좋은 건 없지요'라고 정말 값진 말을 했습니다."

콘이 나가자마자 라일리는 주먹으로 매쿼크의 등을 후려쳤다.

"방금 들었지?" 그가 소리쳤다. "우린 정말 바보였어. 혹시 배에 있었던 폴리나리스 생수병 기억나? 무려 72병이었지. 자네가 그것들을 땄지? 어이, 돌대가리, 그걸 어느 통에 넣었는지 기억할 수 있어?"

"내 생각엔 두 번째 통에 부었던 것 같은데……. 겉에 파란 종이가 붙어 있던 통이었어."

"이제 알겠어!" 라일리가 외쳤다. "우리가 그걸 빼먹었던 거야. 바로 물이 부린 마술이라고! 다른 건 다 제대로 했어. 자, 얼른 바에 가서 폴리나리스 생수를 두 병 가져와. 그사이 내가 배율을 계산할 테니!"

한 시간 후 콘은 키닐리 카페를 향하여 천천히 걸음을 옮기고 있었다. 그 충직한 종업원은 쉬는 시간인데도 무슨 알지 못할 힘에 의해서 자신이 일하던 곳으로 이끌리고 있었다.

경찰 순찰차 한 대가 문간에 서 있었다. 세 명의 건장한 경찰관이 반은 밀고 반은 끌면서 라일리와 매쿼크를 차에 태우고 있었다. 두 명의 눈과 얼굴은 터지고 멍이 들어 있었다. 한바탕 신나게 싸움질을 벌인 게 틀림없었다. 하지만 그들은 이상한 기쁨에 들떠 소리를 지르고 있었으며 아직도 남은 광기를 경찰관에게 발산하고 있었다.

"뒷방에서 둘이 싸웠다네." 키닐리가 콘에게 설명했다. "심지어 노래까지 부르면서! 정말 끔찍한 일이지. 보이는 건 닥치는 대로 집어 던졌다더군. 하지만 나쁜 친구들은 아니야. 모두 변상하겠다고 했어. 뭐, 새로운 종류의 칵테일을 발명했다고 하더군. 아침이면 별일 없이 풀려날 거야."

콘은 전쟁터를 살펴보기 위해 뒷방으로 향했다. 홀을 지나는데 마침 캐서린이 계단을 내려오고 있었다.

"다시 보네요, 랜트리 씨." 그녀가 말했다. "날씨 뉴스, 새로운 것 없나요?"

"비, 비가 올 것 같습니다." 콘이 창백한 뺨을 붉히며 더듬거렸다.

라일리와 매퀘크는 한바탕 싸움을 벌인 게 틀림없었지만 매우 우호적인 싸움을 벌인 것 같았다. 온통 깨진 병과 유리잔이 널려 있었다. 방 안은 알코올 냄새가 진동했으며 바닥 여기저기 알코올로 얼룩져 있었다.

탁자 위에는 눈금이 그려진 1리터짜리 컵이 놓여 있었다. 그

비법의 술

177

리고 그 바닥에는 두 스푼 가량의 액체가 들어 있었다. 저 깊은 곳에 태양빛을 머금고 있는 듯한 빛나는 황금색 액체였다.

콘은 냄새를 맡아 보았다. 그리고 맛을 조금 보더니 그대로 들이켰다.

그가 홀을 지날 때 캐서린이 막 계단을 오르고 있었다.

"무슨 소식 없어요?" 캐서린이 짓궂은 미소를 띠며 물었다.

콘은 갑자기 그녀를 번쩍 들어 올리더니 품에 안으며 말했다.

"소식이 있습니다." 그가 말했다. "우리가 결혼한다는 소식입니다."

"제발, 내려줘요." 그녀가 성난 목소리로 외쳤다.

"그러지 않으면……, 그런데 콘, 어떻게, 정말 어떻게 내게 그 말을 할 용기가 생겼나요?"

Mammon and the Archer

황금의 신과 사랑의 화살

황금의 신과 사랑의 화살

은퇴한 사업가로서 록월 유레카 비누 회사의 소유자였던 앤서니 록월 노인이 5번가 맨션의 서재 창문에서 밖을 내다보며 씩 웃고 있었다. 그의 집 오른편에 사는 귀족적인 사교계 인사 G. 반 슈일라이트 서포크존스가 집에서 나와 대기 중인 차에 오르고 있었다. 그는 차에 오르면서 늘 그러듯이 높이 솟은 비누 궁전의 이탈리아 르네상스식 조각상을 바라보며 경멸스럽다는 듯 코를 찌푸렸다.

"아무짝에도 쓸모없는 낡은 조각상에만 매달리는 꼴이라니!" 왕년의 비누 왕이 중얼거렸다. "저런 네셀로데(러시아 외교관) 같은 늙은이는 조심하지 않으면 이든 박물관(맨해튼 소재의 밀랍 박물관 – 옮긴이 주)에서 모셔갈 거야. 내년에는 이 집을 빨갛고 하얗고

푸르게 칠해야겠어. 그래도 저놈의 네덜란드인의 콧대가 여전히 높은지 봐야겠어."

이어서 평소 벨로 사람을 부르기 싫어하는 앤서니 록월은 서재 앞으로 가서 한때 캔자스 평원의 하늘을 산산조각 낸 적이 있던 우렁찬 목소리로 "마이크!"라고 고함쳤다.

하인이 대답하자 그가 말했다.

"아들에게 외출하기 전에 와서 보고 가라고 전해."

아들 록월 청년이 서재로 들어오자 노인은 신문을 옆으로 치우면서 크고 매끈하며 혈색 좋은 얼굴에 자상하면서도 엄격한 표정을 띠며 그를 바라보았다. 그는 한 손으로 풍성한 백발을 헝클어뜨리며 다른 한 손으로는 주머니 속 열쇠를 만지작거렸다.

"리처드," 노인이 말했다. "너 요새 얼마짜리 비누를 쓰고 있느냐?"

아직 대학 졸업한 지 6개월밖에 안 된 리처드는 약간 당황했다. 그에게 아버지라는 존재는 마치 파티에 처음 얼굴을 보인 소녀처럼 불확실한 존재였고 파악하기 어려운 존재였다.

"한 다스에 6달러짜리인 것 같아요, 아버지."

"옷은?"

"대체로 60달러짜리 옷들인 것 같아요."

"음, 그만하면 신사로군." 앤서니가 단호하게 말했다. "한 다스에 24달러 하는 비누를 쓰고 옷은 100달러짜리를 사서 입는 젊은 애들도 있다더구나. 네게도 그 애들만큼 쓸 돈이 있으면서도 품위를 지키며 절제하고 있군. 요즘 나는 구식 유레카 비누를 쓴다. 특별한 취향 때문은 아니고 그게 제일 순수한 비누이기 때문이지. 한 개에 10센트 하는 비누를 쓰면 그건 질 낮고 향기 나쁜 비누를 쓰는 거야. 하지만 개당 50센트의 비누는 너 같은 젊은 세대나 너 정도 지위, 조건을 지닌 사람에게 알맞지. 말하자면 너는 신사라는 말이다. 신사 한 명을 만드는 데는 세 세대가 걸린다고들 하지. 하지만 틀린 말이야. 돈만 있으면 비누 기름처럼 매끈하게 금세 이룰 수 있어. 돈이 너를 신사로 만든 거야. 그래, 돈이 나도 거의 신사처럼 만들었어! 나는 아직 우리 집 양옆에 살고 있는 두 네덜란드인들과 마찬가지로 불손하고 까다롭고 예의가 없다는 건 인정하지만 말이다. 내가 두 집 사이에 집을 사들였더니 잠도 못 자는 것 같더라."

"돈으로도 안 되는 일이 있는 법이에요." 록월 청년이 말했다. 어딘가 우울한 기색이었다.

"그런 말 말거라." 노인은 약간 충격을 받은 것 같았다. "나는 돈이면 다 된다는 데 돈을 걸겠다. 나는 돈으로 살 수 없는 게 있는지 백과사전에서 Y항목까지 다 뒤져보았다. 다음 주에는 부록까지 찾아봐야 할 판이다. 세상 사람들이 뭐라고 하건 나는 돈 편이다. 어디 돈으로 살 수 없는 게 있다면 말해봐라."

"우선," 리처드가 약간 짜증을 내며 말했다. "배타적인 사교계에는 돈이 많아도 들어갈 수 없어요."

"아니, 뭐라고?" 악의 근원의 챔피언이 벼락처럼 고함을 쳤다. "어디 말해봐라! 애스터 1세(독일 태생으로 미국 독립전쟁 후 미국으로 이주해 성공한 최초의 백만장자 사업가—옮긴이 주)에게 3등 객실 값을 치를 돈이 없었다면 그런 배타적인 사교계가 존재할 수 있었는지!"

리처드는 한숨을 내쉬었다.

"내가 너를 부른 건 바로 그 때문이다." 노인이 활기차게 말했다. "얘야, 너 요새 뭔가 고민이 있는 것 같구나. 2주 전부터 눈치채고 있었다. 어디 털어놔 봐라. 나는 부동산 말고도 하루 안에 1,100만 달러를 내 손에 쥘 수 있을 만큼 재산이 있어. 순전히 네 기분이 문제라면 이틀 후면 석탄을 가득 싣고 바하마로 떠날 램블러호가 출항 준비를 마친 채 정박해 있다."

"잘못 짚으신 건 아니에요, 아버지. 완전히 빗나가신 건 아니에요."

"그래, 그 아가씨 이름이 뭐냐?"

앤서니가 정곡을 찔렀다.

리처드는 서재 안을 서성이기 시작했다. 이 투박하고 늙은 아버지에게도 아들의 신뢰를 이끌어낼 만한 애정과 배려는 충분히 있었다.

"왜 그녀에게 직접 털어놓지 않는 거냐?" 앤서니가 물었다. "당장 네 품에 안길 거다. 너는 돈도 있고 잘생긴 데다 점잖은 젊은이야. 유레카 비누를 쓰지 않으니 손도 깨끗하지. 게다가 대학도 나왔잖느냐? 하긴 그런 거야 거들떠보지도 않겠지만."

"말할 기회가 없었어요." 리처드가 말했다.

"기회를 만들어. 공원을 산책하거나 교회에서 집까지 바래다 주면 되잖아. 기회가 없다고? 대체 무슨 소리를 하는 거냐!"

"아버지가 사교계라는 물레방아에 대해 잘 모르셔서 하시는 소리예요. 그녀는 물레방아를 돌리는 물이에요. 매시간 매분, 며칠 동안의 일정이 미리 꽉 짜여 있어요. 아버지, 꼭 그녀를 품에 넣고 싶어요. 그러지 못한다면 이 도시가 영원히 늪과 같을 거예요. 그런데 편지를 못 쓰겠어요. 그럴 수가 없어요."

"쯧쯧!" 노인이 혀를 차며 말했다. "그래, 내가 있는 돈을 다 쏟아부어도 그 여자가 너랑 한두 시간 지내게 해줄 수 없단 말이냐?"

"이제 너무 늦었어요. 이틀 후 정오가 되면 그녀는 유럽으로 여행을 떠나서 2년간 머물게 될 거예요. 내일 저녁에 잠깐 단둘이 만나기로 했어요. 지금 라치몬트의 숙모님 댁에 있거든요. 그 집에 갈 수는 없어요. 하지만 내일 저녁 8시 30분에 기차로 그랜드 센트럴역에 그녀가 도착하면 마차로 마중 나가도 좋다는 허락을 받았어요. 우리는 함께 마차를 타고 브로드웨이의 윌랙 극장으로 달려갈 거예요. 그녀의 어머니가 특별석에 함께 앉을 사람들과 함께 로비에서 기다리고 있을 거예요. 아버지 생각에는 그런 상황에서 고작 6, 7분 동안에 그녀가 제 고백을 들어줄 것 같으세요? 절대 아닐걸요. 극장 안에서건 극이 끝난 후에건 무슨 기회가 있겠어요? 없어요. 아버지, 이건 아버지 돈으로 절대로 풀 수 없는 문제예요. 돈으로 시간을 살 수는 없어요. 만일 그렇다면 부자들만 오래 살 수 있겠네요. 랜트리 양이 여행을 떠나기 전에 그녀와 이야기를 나눌 시간은 이제 없어요."

"그래, 좋다." 앤서니 노인이 쾌활하게 말했다. "자, 이제 클럽에 가보렴. 네 기분이 문제가 아니라 시간이 문제라니 다행이로구나. 하지만 가끔 위대한 황금의 여신의 신전에 가서 향을 피우는 걸 잊지 마라. 돈으로 시간을 살 수는 없는 법이라고 했니? 물론 돈으로 영원이라는 시간을 포장해서 집으로 배달시킬 수는 없지. 하지만 시간 할아버지께서 금광 지대를 돌아다니다가 발뒤꿈치에 타박상을 입는 모습은 가끔 본 적이 있단다."

그날 밤 상냥하고 다정다감하며 부에 짓눌려 버릇처럼 한숨을 내쉬는 리처드의 고모 엘런이 서재에서 석간신문을 읽고 있는 오빠 앤서니를 찾아와 비운의 두 연인의 이야기를 주제로 이야기를 나누었다.

"리처드가 다 털어놨다." 앤서니가 하품을 하며 말했다. "녀석에게 은행 계좌를 마음대로 쓰라고 말해주었지. 그랬더니 녀석이 돈을 깎아내리는 거야. 글쎄, 돈이 소용이 없다는 거야. 사교계 룰은 억만 장자가 떼로 덤벼도 꿈쩍도 않는다는 거야."

"오라버니," 엘런 고모가 한숨을 내쉬며 말했다. "너무 돈을 과대평가하지 말았으면 해요. 진정한 사랑 앞에서 돈은 아무것도 아니에요. 사랑은 전능해요. 그 애가 좀 더 일찍 말했더라면! 그 여자애가 우리 리처드를 거절하지 않았을 텐데. 하지만 이젠 너무 늦은 것 같아요. 말해볼 기회조차 없을 것 같아요. 오라버니의 돈으로도 아들에게 행복을 갖다줄 수는 없어요."

다음 날 8시에 엘런 고모가 좀이 쏜 상자에서 야릇하게 생긴 낡은 금반지를 꺼내어 리처드에게 주면서 말했다.

"얘야, 오늘 밤 이 반지를 끼렴. 네 어머니가 내게 준 거야. 사랑에 행운을 불러온다더구나. 네가 사랑하는 사람을 만나게 되면 네게 주라고 말했어."

록월은 반지를 감사히 받은 후 새끼손가락에 끼려 했다. 반지는 손가락 두 번째 마디 앞까지 겨우 들어갈 만큼 작았다. 그는 반지를 꺼내어 조끼주머니에 넣었다. 이어서 그는 전화로 마차를 불렀다.

8시 32분, 그는 혼잡한 사람들 틈에서 랜트리 양을 찾아냈다.

"어머니랑 다른 분들을 기다리시게 하면 안 돼요." 그녀가 말했다.

"월랙 극장으로 최대한 빨리 갑시다." 리처드가 충성스럽게 말했다.

마차는 42번가를 향해 서쪽에서 동쪽으로 가로등이 켜진 거리를 질주했다.

그런데 34번가를 지날 때 리처드가 급히 마차 덮개를 들어 올리며 마차를 멈춰달라고 마부에게 주문했다.

"반지를 떨어뜨렸어요." 그는 사과를 하며 마차에서 내렸다. "어머니가 주신 반지라서 절대로 잃어버리면 안 돼요. 단 1분도 지체하지 않을 겁니다. 어디 떨어지는지 봤거든요."

그는 금세 반지를 가지고 돌아왔다.

그런데 그사이에 시내 횡단 전차가 마차를 정면으로 가로막고 서 있었다. 마부는 왼쪽으로 빠져나가려 했다. 하지만 이번에는 짐을 잔뜩 실은 짐마차가 가로 막았다. 마부는 오른쪽으로 가려했다. 하지만 이 부근에 아무런 볼 일도 없을 것 같은 한 대의 가구 운반 마차가 서 있어서 뒤로 물러서야만 했다. 그는 뒤로 돌아가려 했다. 하지만 마부는 그 순간 고삐를 던져버리더니 마구 욕설을 퍼부었다. 마차와 말들이 형편없이 뒤엉켜서 꼼짝도 할 수 없었던 것이다.

대도시에서 가끔 불시에 발생해서 모든 상거래와 움직임을 마비시켜버리는 도로 마비 상황과 맞부딪치게 되었던 것이다.

"왜 안 가는 거예요?" 랜트리 양이 초조하게 말했다. "이러다 늦겠어요."

리처드는 마차 안에서 몸을 일으키고 주변을 둘러보았다. 그의 눈에 짐마차와 무개 화차, 승합 마차, 유개 화차, 전차 등이 브로드웨이와 6번가, 34번가가 교차하는 공간을 일시에 가득 메운 채 꽉 막혀 있는 모습이 들어왔다. 마치 허리가 26인치인 여자가 22인치짜리 속옷에 몸을 우겨넣으려 애쓰고 있는 꼴이었다. 게다가 여전히 사방에서 마차들이 계속 덜컹거리며 한 지점을 향해 전속력으로 달려와 혼란 속으로 스스로 빠져들었다. 마차 바퀴들끼리 서로 엉켜서 꼼짝도 못 하게 되자 아우성에 마부들의 욕설이 더해졌다. 맨해튼의 모든 차량들이 모두그 지점으로 몰려와 주변을 꽉 막히게 만들고 있는 것 같았다. 보도에 늘어선 수천 명의 구경꾼들 중에 뉴욕에서 가장 오래살았던 사람이라 할지라도 이런 대규모의 도로 마비 광경은 본적이 없을 정도였다.

"미안합니다." 리처드가 다시 의자에 앉으며 말했다. "꼼짝없이 갇혀버린 것 같아요. 한 시간 내로는 풀릴 것 같지 않네요. 제 잘못입니다. 반지를 떨어뜨리지만 않았어도……."

"어디 반지 좀 보여주세요." 랜트리 양이 말했다. "어쩔 수 없지요. 상관없어요. 어차피 재미없는 연극일 텐데요."

그날 밤 11시에 누군가 앤서니 록월의 방문을 톡톡 두드렸다.

"들어와." 앤서니가 큰 소리로 외쳤다. 그는 붉은색 잠옷을입고 해적들의 모험에 관한 책을 읽고 있었다.

바로 엘런 고모였다. 마치 실수로 지상에 남겨진 백발의 천사처럼 보였다.

"오빠, 걔들이 약혼했대." 그녀가 부드럽게 말했다. "랜트리양이 리처드의 청혼을 받아들였대. 극장으로 가는 길에 도로가 꽉 막혔다나 봐요. 거기서 빠져나오는 데 두 시간이 걸렸대요. 오빠, 이제 제발 돈의 힘을 너무 자랑하지 마. 진정한 사랑의 표상, 대가를 바라지 않는 끝없는 사랑의 징표인 반지가 우리 리처드에게 행복을 갖다주었으니까. 길에서 그걸 떨어뜨려서 그걸 줍기 위해 마차를 세웠었대. 걔가 나갔다 오는 사이에 길이 꽉 막혀버린 거예요. 다시 길이 뚫릴 때까지 모든 일이 벌어진 거지. 걔가 사랑을 고백했고 마차가 오도 가도 못하는 동안 사랑을 얻은 거야. 돈은 진정한 사랑에 비하면 정말 하찮은 거야, 오빠."

"잘됐군." 앤서니 노인이 말했다. "녀석이 원하던 걸 얻었으니 다행이군. 녀석에게 이 일에 관해선 얼마든지 돈을 아끼지 않겠다고 말했거든……."

"아니, 오빠, 오빠가 대체 돈으로 뭘 했다는 거예요?"

"엘런, 지금 이 책에서 주인공 해적이 궁지에 빠졌어. 배에 구멍이 났는데도 돈이 너무 아까워서 배를 가라앉게 내버려두지 못하고 있단 말이야. 이 대목을 마저 읽게 해주었으면 좋겠는데……."

이 이야기는 여기서 끝을 맺는 게 좋을지도 모른다. 나도 이

책을 읽는 독자 여러분만큼이나 간절히 그러고 싶다. 하지만 우리는 진실을 찾아 우물 바닥까지 내려가보아야 한다.

다음 날 붉은 손에 목에는 푸른색 물방울무늬 넥타이를 맨 켈리라는 청년이 록월의 집으로 찾아와서 곧장 서재로 왔다.

"그래," 앤서니가 수표책 쪽으로 손을 뻗으며 말했다. "아주 좋았어. 가만 있자, 자네에게 5,000달러를 줬지?"

"제 돈을 300달러 더 썼습니다." 켈리가 말했다. "예상 금액을 넘어설 수밖에 없었습니다. 짐마차랑 승합 마차는 대개 5달러로 됐지만 무개 화차랑 쌍두마차는 10달러까지 올려 부르더군요. 전차 운전자들도 10달러씩 요구했고요. 어떤 짐마차는 20달러를 요구하더군요. 제일 애를 먹은 건 경찰이었습니다. 두 사람에게 50달러씩 줬고 나머지도 20달러와 25달러를 줘야 했습니다. 하지만 정말 멋지게 해내지 않았습니까? 다들 한 치의 오차도 없이 제시간에 도착했으니 제아무리 뛰어난 연극 연출자라도 감탄할 수밖에 없었을 겁니다. 족히 두 시간 동안은 뱀 한 마리도 빠져나갈 수 없었을 겁니다."

"자, 여기 1,300달러가 있네." 그 자리에서 수표를 써주면 앤서니가 말했다. "자네 몫으로 1,000달러하고 자네가 쓴 돈 300달러라네. 자네, 돈을 싫어하지 않겠지, 켈리?"

"저요? 가난을 만들어낸 놈은 한 대 갈겨주고 싶은데요."

켈리가 나가려고 하자 앤서니가 그를 불러 세웠다.

"잠깐, 혹시 그 난리 통에 벌거벗은 채 화살을 쏘면서 돌아다니는 뚱뚱한 꼬마 녀석 못 봤나?"

"뭐라고요?" 켈리가 의아한 표정으로 대답했다. "못 봤는데요. 그런 놈이 있었다면 내가 그곳에 가기도 전에 경찰이 먼저 잡아갔겠지요."

"나도 그 꼬마 녀석이 근처에 있으리라고는 생각하지 않았지." 앤서니가 득의의 웃음을 흘리며 말했다. "잘 가게나, 켈리 군."

『오 헨리 단편집』을 찾아서

문학사가들은 세계 3대 단편 작가로 에드거 앨런 포, 기 드 모파상, 안톤 체호프를 꼽는 것이 일반적이다. 하지만 그 세 명 외에 두 명의 이름을 덧붙인다면 마땅히 알퐁스 도데와 오 헨리의 이름이 들어가야 한다. 그리고 실은 알퐁스 도데의 「별」과 오 헨리의 「마지막 잎새」가 앞의 세 명의 작가들의 작품들보다 우리에게 친숙하다. 그리고 그중에서도 우리들의 일상적인 삶과 가장 밀접한 작품을 쓴 사람을 한 명 꼽으라면 두 말 할 필요 없이 오 헨리의 이름을 들지 않을 수 없다.

오 헨리는 여러 가지 면에서 아주 독특한 작가이다. 우선 그는 모파상이나 체호프와 마찬가지로 300편이 넘는 단편들을 썼으며 그것만으로도 비범한 작가라는 대접을 받기에 충분하다. 300편이 넘는 작품을 쓰다니! 그 어마어마한 작품의 숫자에서 우리는 평생 작품 창작에만 몰두해온 작가의 모습을 그리게 된다. 그런데 길지 않은 48년의 생애에서 오 헨리가 작품 활동을 한 기간은 마지막 9년뿐이다. 40세가 되어서야 작품 활동을 시작한 것이다. 어디 그뿐인가? 그는 300편의 작품들을 9년 동안 꾸준히 쓴 것이 아니라 초기 2~3년 동안에 폭발적으로 몰아 썼다. 1903년 한 해에만 113편의 단편을 발표했고 1904년부터 1905년까지 두 해에 걸쳐 120편의 단편을 몰아서 발표한 것이다.

또 하나 특이한 점이 있다. 그는 문학사에 이름을 남긴 다른 작가들과는 달리 다른 작가들의 영향을 거의 받지 않았다. 왜 더 이상 소설을 읽지 않느냐는 질문을 받을 정도로 그는 다른 작가들의 작품을 한동안 거의 읽지 않기도 했다. 그 질문에 대해 그는 소설의 내용들이 자신의 삶과 비교해보면 대개 시시한 것들이라고 대답했다. 그의 삶 자체가 하나의 드라마였던 것이다. 그렇다면 한 편의 소설을 읽는 기분으로 그의 생애를 한번 살펴보기로 하자.

본명이 윌리엄 시드니 포터(William Sydney Porter)인 오 헨리(O.

Henry, 1862~1910)는 노스캐롤라이나주 그린즈버러에서 그 지역의 유명한 내과 의사인 아버지 포터 박사와 문학적 재능이 뛰어난 어머니 메리 제인 포터의 3남 중 둘째 아들로 태어났다. 오 헨리의 문학적 감수성과 재능은 어머니로부터 물려받았을 것이다.

비교적 유복한 가정에서 태어난 그였지만 파란만장한 오 헨리의 삶의 드라마는 그의 유년기부터 막을 펼친다. 오 헨리가 세 살이던 1865년 미국 남북전쟁이 남부의 패배로 끝나자 아버지의 병원 운영은 점차 악화되었고 게다가 어머니가 폐결핵으로 사망했다. 그렇게 세상을 떠난 어머니는 오 헨리에게 문학적 재능뿐 아니라 폐결핵까지 물려줬다. 한편 남부의 패망과 아내의 사망으로 삶의 의욕을 상실한 오 헨리의 아버지 포터 박사는 두 아들을 데리고 어머니와 여동생이 살고 있는 집으로 이사한 뒤에 알코올 중독에 빠지고, 정신 질환을 앓게 되며 이후 오 헨리의 아버지는 그의 삶의 드라마에서 퇴장했다.

이후 오 헨리는 불우한 환경에서 어린 시절과 젊은 시절을 보낸 사람들이 겪을 수 있는 일을 그대로 경험했다. 그는 15세부터 숙부 클라크 포터가 운영하는 약방 일을 도우면서 19세 되던 1881년에 약제사 자격증을 획득한다. 그러던 중 어머니가 물려준 두 가지, 즉 문학적 재능과 폐결핵 중에 후자가 먼저 표면에 떠올랐다. 오 헨리는 1882년 텍사스 기후가 폐결핵 치료에 도움이 될 것이라는 의사의 권유에 따라 텍사스로 이주했다. 이어지는 텍사스에서의 점원과 직공 생활, 그리고 부동산 회사의 회계 담당자 생활, 국유지 관리국 제도사 일 등 그는 말 그대로 생활 전선에서 열심히 살았다. 그러던 중 오 헨리가 25살이 되던 1887년 그는 17살의 애설 에스테스를 만나 결혼을 반대하는 그녀의 부모들 때문에 사랑의 도피 행각 끝에 결혼을 하게 된다. 하지만 아내 역시 폐결핵을 앓고 있어 건강이 좋지 않았다.

1891년 그의 후견인이 국유지 관리국 국장에서 퇴임하자 동시에 제도사 자리를 잃게 된 오 헨리는 지인의 소개로 오스틴 은행에서 금전 출납계원 자리를 얻게 되고 3년 동안 별 탈 없이 충실하게 근무했다. 여기까지는 글쓰기 혹은 문학과는 아무 상관없는 평범한 일상인으로서의 오 헨리의 모습이다. 하지만 1893년 3월 아내의 내조로 「롤링 스톤」이라는 여덟 쪽짜리 주간 유머 잡지를 창간하면서 그의 인생은 급변했다. 좀 더 정확히 표현한다면 나락으로 떨어지기 시작했다. 오 헨리의 노력에도 불구하고 이 잡지는 상업적인 성공을 거두지 못했고 오 헨리는 재정적인 어려움에 처하게 된 것이다. 하지만 잡지의 발행은 그의 삶을 불행으로 몰아넣는 계기가 된 것만이 아니다. 오 헨리는 그 잡지에 글을 발표하면서 전업(專業) 작가가 될 꿈을 꾸게 되었으니, 잡지의 발행은 오 헨리의 삶에서 아주 중요한 전기를 이루게 된 것이다.

1894년 오 헨리가 32세 되던 해 그는 본격적인 추락을 경험했다. 그해 연말 은행 감사 결과 오 헨리가 장부를 조작하여 수천 달러를 횡령했다는 사실이 밝혀져 직장을 잃게 된 것이다. 잡지 발행으로 인한 재정 악화를 메우기 위해서 저지른 짓이었다.

하지만 직장을 잃은 것으로 끝난 것이 아니었다. 1896년 오 헨리는 휴스턴에서 체포되었다. 지인들이 내준 보석금으로 풀려 나온 오 헨리는 그해 7월 재판을 받기 위해 오스틴으로 가는 도중 중앙아메리카의 온두라스로 도주했다. 하지만 이듬해 1월 아내가 위독하다는 연락을 받자 오스틴으로 돌아갔으며, 아내 애설은 29살이라는 젊은 나이에 폐결핵으로 숨을 거뒀다.

1898년 재판에서 5년 형을 선고받은 오 헨리는 연방 교도소에 수감되었고, 이후 모범수로서 3년 3개월 복역 후 출소했다. 그가 본격적으로 작품을 발표해서 오 헨리라는 필명으로 유명해진 것은 바로 수감 생활 도중이다. 30대 후반에 그것도 수감 생활 중에 그는 비로소 작가로서 변신, 재탄생한 것이다. 수감 생활 도중 집필에 몰두한 그는 전국적으로 발행되는 잡지에 모두 열네 편의 단편을 게재할 수 있었다. 한 비평가의 말을 빌리자면 그는 아마추어 작가로서 교도소에 입소했다가 3년 후에 '오 헨리'라는 직업 작가로서 출소하게 된 것이다.

1901년 출소한 오 헨리는 9개월 동안 피츠버그에 거주하다가 1902년 뉴욕으로 옮겨 본격적인 뉴욕 생활을 시작했다. 그리고 그때부터 '오 헨리'라는 필명을 정식으로 사용하기 시작했다. 오직 작가로서의 오 헨리에 초점을 맞춘다면 그의 뉴욕 생활은 그의 삶의 절정기였다. 1903년에는 판매 부수가 약 50만 부에 달하는 『선데이 월드』에 매주 편당 1,000달러에 작품 게재 계약을 맺었으며 1903년에 113편의 단편을, 1904년과 1905년 2년 동안에 무려 120편의 단편을 발표하여 작가로서 전국적인 명성을 얻었다. 하지만 사치 취향과 낭비벽, 음주로 인하여 건강은 날로 악화되었으며 1906년에 겨우 19편, 1907년에 11편을 발표할 수 있을 정도로 창작 에너지도 고갈되었다.

1909년 그의 건강과 재정 상황은 극도로 악화되어 있었고 결국 1910년 6월 5일 아침 간경화 말기와 당뇨병 합병증으로 뉴욕의 한 병원에서 숨을 거뒀다. 당시 그의 나이 48세였다.

오 헨리의 생애를 보면 그는 작가로서의 삶을 살았다고 보기 힘들다. 오히려 그의 파란만장한 삶 속에 작가로서의 캐릭터가 잠시 등장했던 것 같은 기분이 들기도 한다. 삶의 궤적도 그러하고 실제로 작가로 활동했던 기간도 그러하다. 그런 의미에서 그는 우리에게 익숙해 있는 다른 문학사의 거장들과는 다르다.

대부분의 거장들은 어려서부터 문학적 재능을 보이고, 젊었을 때부터 주목을 받기 시작하여, 어느 순간 대작을 발표하여 거장의 지위에 오른다. 그리고 그런 사람들을 우리는 천재라고 부른다. 그런 의미에서 보자면 오 헨리는 그런 천재들과는 거리가 멀다. 문학을 천직으로 알고 목숨 걸 듯 작품 창작에 몰두한 것 같지도 않으며 그가 발표한 작품들도 대작이라기보다는 소품에 가깝다고 볼 수도 있기 때문이다. 천재라는 수식어에 뒤따라 다니는 천부적 재능, 천직, 진지함, 고뇌 등의 단어가 그에게는 어울리지 않는 듯 보인다.

그러나 오 헨리는 분명 천재이다. 그가 1년에 113편의 작품을 발표했다고 해서 그의 작품이 비교적 가벼운 소재들을 다루고 있다고 해서, 그의 작품에서 묵직한 주제와 고뇌를 찾을 수 없다고 해서 오 헨리를, 오 헨리의 작품을 경시한다면 그건 폭력이다. 한 줄의 시구를 완성하기 위해 수많은 날을 고뇌하는 작가도 천재지만 입에서 나오는 말마다 모두 시가 되는 사람도 천재이다. 인간의 심리를 깊이 파고들어 우리가 일상적으로 경험할 수 없는, 고뇌 없이는 다가갈 수 없는 깊이를 간직한 작품도 중요한 작품이지만 일반인들이 일상 속에서 겪고 느끼는 일들을 묘사하면서 누구나 공감할 수 있게 만드는 작품도 명작이다. 그의 「마지막 잎새」와 「크리스마스 선물」은 세상 사람들이 거의 다 읽고 감동받는 이야기라는 의미에서 두말할 필요 없이 명작이다. 아이건 어른이건 모두 감동을 받을 수 있다는 의미에서 명작이다. 그의 작품들에는 보편적인 웃음이 있고 눈물이 있고 감동이 있다. 삶이 먼저였던 작가라서 가능한 일이다. 사람들이 그를 '미국의 모파상'이라고 부르는 것을 그가 달가워하지 않은 이유도 모파상의 아류로 평가받는 것이 싫어서라기보다는 모파상이라는 이름에서 느껴지는 장인의 냄새가 싫어서였을 것이다. 그에게 문학은 삶과 함께 붙어 있다.

오 헨리의 작품에는 또 한 가지 두드러진 특성이 있다. 그의 작품은 온갖 직유와 은유 등 비유의 대잔치다. 어느 특별한 대목을 인용할 것도 없다. 오히려 비유가 사용되지 않은 문장을 찾기가 힘들 정도이다.

비유란 무엇인가? 간단히 말한다면 현실을 있는 그대로 보지 않고 변용시키는 것이다. 비유를 통해 우리는 세상을 다르게 보고 세상에 의미를 주며, 의미를 넓힌다. 비유를 통해 우리는 생명이 없는 것에 생명을 주고 비참한 것을 아름답게 만든다.

그러고 보면 그는 결코 보편적인 웃음과 눈물과 감동을 있는 그대로 그린 작가가 아니다. 그는 그의 비유를 통해 우리 모두를 그런 웃음과 눈물과 감동으로 이끈 작가이다. 이기심과 무관심에 일상을 보내고 있을지 모를 우리에게 웃음과 눈물과 감동을 새롭게 느끼게 해준 작가이다. 그렇다. 그의 작품은 '마지막 잎새' 그 자체이다. 그는 작품을 씀으로써 '마지막 잎새'를 우리에게, 그리고 자기 자신에게 그려준 셈이다. 현실에서는 져버릴 수밖에 없는 '마지막 잎새'를 결코 땅에 떨어지지 않게 만들어준 셈이다. 그리고 한 편의 비극적 드라마와 같은 그의 삶이 「마지막 잎새」라는 그의 작품과 함께 우리 눈앞에 언제고 떨어지지 않은 채 남아 있는 셈이다.

어떤가? 우리도 병상에서 훌훌 털고 일어난 「마지막 잎새」의 존시처럼 오 헨리의 작품들을 읽고, 지지 않는 그 마지막 잎새들을 보고 삶에 대한 사랑을, 삶에 대한 의욕을 되살리지 않겠는가?

오 헨리 단편집

생각하는 힘: 진형준 교수의 세계문학컬렉션 74

| 펴낸날 | 초판 1쇄   2022년 3월 4일 |

지은이	오 헨리
옮긴이	진형준
펴낸이	심만수
펴낸곳	(주)살림출판사
출판등록	1989년 11월 1일 제9-210호

주소	경기도 파주시 광인사길 30
전화	031-955-1350 팩스 031-624-1356
홈페이지	http://www.sallimbooks.com
이메일	book@sallimbooks.com

| ISBN | 978-89-522-4388-1 04800 |
| | 978-89-522-3984-6 04800 (세트) |